WUNDERRAUM

Lesen ist ankommen.

ANGELIKA WALDIS

LAUTER NETTE MENSCHEN

ROMAN

WUNDERRAUM

Für die Familienbande. Für dich, euch, uns.

TEIL 1
Davor

Wollte er das? Für immer und ewig und nie mehr allein?

Ja, er wollte das: Inge, das Kind, den Kater. Wollte er.

Sich im Nachhinein etwas fragen ist ohnehin Schwachsinn.

Heiner kennt Inge nun seit drei Jahren. Und ein Jahr ist's her, dass sie sich für ihn und gegen Wilf entschieden hat. Wilf hat verloren, Wilf mit der schnellen Schnauze und der Charmegarantie. Heiner hat das Rennen gemacht, good old slow Heiner. Es ist seine Inge, und er liebt sie.

Den Kater hat er vorhin bei den Nachbarn geholt, zwei Handvoll Fell, ein dunkles Knäuel. Er streckt es Inge entgegen, und sie flüstert nur noch, als wär sie in der Kirche, andächtig. Dann rutscht das Knäuel aus Heiners Händen und verschwindet unterm Bett.

»Jetzt haben wir also eine«, sagt Inge und klatscht lautlos, wie sie das macht, wenn sie sich echt freut. »Nein, einen«, sagt er, »die Katze ist ein Kater.« Ist der Start zur Familie Dreher. In drei Monaten kommt noch ein Kind dazu.

Als sich der kleine Kater unterm Bett hervorwagt, hebt Inge ihn vorsichtig hoch. Sie schauen einander an. »Er sieht ernst aus«, sagt sie, »die schwarzen Streifen auf der Stirn sind wie Sorgenfalten.« »Wie heißt er?«, fragt Heiner. »Herr Petermann«, sagt Inge. »Er ist ganz eindeutig Herr Petermann.«

Heiner hat seiner Mutter noch nichts gesagt von Herrn Petermann. Obwohl sie es sein wird, die ihn wird nehmen müssen, wenn Heiner mit Frau und Kind in einem Jahr nach London übersiedelt. Er hat seiner Mutter auch noch nichts gesagt von London. Das wird er erst tun, wenn er die Stelle definitiv zugesagt bekommt. Wenn Dr. jur. Heiner Dreher die Leitung des Europäischen Human Rights Circle übernimmt. Vorläufig arbeitet er weiter in der juristischen Abteilung der kantonalen Verwaltung und verdient genug für eine Dreizimmerwohnung mit Kinderzimmer und Katzenbaum. Vorläufig ist es auszuhalten. Vorläufig bleibt sein Leben vorläufig. Manchmal googelt er Londoner Wohnungsagenturen. Suche sechs Zimmer mit Blick auf Park. Inge kann besser Englisch als er. Sie muss ihm noch einiges beibringen.

Draußen ist der Oktober los, man hat einen knallblauen Himmel aufgespannt, die Alleebäume flüchtig mit Gold besprayt, zwischen den Häusern schaukelt ein laues Lüftchen, und der Verkehr hört sich an wie Rauschen aus defekten Lautsprechern. Heiner hat sich aufgemacht an den See, er rennt, er weicht den Kinderwagen aus, und ihm fällt ein, dass auch er bald unterwegs sein wird mit so einem Gefährt und mit etwas drin, das schreit. Mit einem Nick oder einer Nele.

Jemand hat mit Kreide HRBST auf den Asphalt geschrieben – wie fremd etwas wirken kann, wenn nur ein klein bisschen was fehlt. Seltsam, dass ihm das plötzlich Angst macht.

In der Hecke versteckt fängt ein Spatzenschwarm sein Getschilpe an, und Heiners Gedanken schwirren zurück zu Herrn Petermann. Der hat jetzt schon zehn Wochen Leben überstanden. Katzen können bis zu zwanzig Jahre alt werden, hat der Nachbar gesagt. Angenommen, Herr Petermann wird siebzehn. Wo werden sie dann sein? Wird Inge ihn noch lieben? Wird ihr Kind noch Geschwister haben? Wird er endlich zufrieden sein mit dem, was er tut für die Welt? Wird er eine Glatze haben wie sein Vater, als er fünfundvierzig war? Wie wird ein Jahr bei den Drehers aussehen, ein ganz gewöhnliches Jahr?

TEIL 2

Ein ganz gewöhnliches Jahr

Januar

Heiner

Ein Ticket zurück. Das brauche man einfach, hatte Großmutter Anna gesagt, auch Baby Nick brauche das, ein Ticket zurück in die ewige Heimat. Jetzt tauft ihn doch endlich. Und als sie es taten, bedankte sie sich, wartete nicht lange und starb.

Als sechzehn Jahre später die Frau von der Kirche vor der Tür der Drehers steht, fällt Heiner erst wieder ein, dass Nick getauft ist. Nein danke, sagt er, soviel ich weiß, will Nick nicht konfirmiert werden. Aber er sei doch als Kirchenmitglied gemeldet, sagt die Frau und überreicht ihm ein Mäppchen mit allerlei Papieren. Sie ist nett, die Frau Zumhoff, und also führt Heiner sie in die Küche, wo die Familie um den Tisch sitzt. Nick, der Getaufte, Josch, der Ungetaufte, und Inge.

Sie machen Frau Zumhoff klar, sie hätten Nick damals nur getauft, um der Großmutter – Inges Mutter – einen Wunsch zu erfüllen. Damit ist das Thema Konfirmation vom Tisch, und Nick lacht erleichtert. Sie essen Inges Silvestereintopf, Frau Zumhoff isst mit, sie erzählt von der Kirche, vom Pfarrer, der immer zu heiser ist, um zu predigen, und vom Deutschunterricht für die Asylsuchenden. Was für welche das denn seien, fragt Inge. Es klingt, als frage sie auf dem Wochenmarkt nach den Namen der Pilze. Somalier, Sri Lanker, Eritreer sowie einer aus Syrien und einer aus Albanien. Der sei besonders schlecht dran, kurz davor durchzudrehen. Heiner sieht, dass Josch heimlich am Handy rumspielt. Das geht nicht, denkt Heiner, ich muss ihn nachher drannehmen, er isst auch nicht schön, schaufelt das Zeug in sich rein und sitzt ganz krumm dabei.

Heiner hat einmal von einem Pfarrer gelesen, der nicht mehr reden konnte und darum zu schreiben anfing und ein bedeutender Schriftsteller wurde. Es fällt ihm nicht ein, wie er hieß. Er wühlt wie wild im Gehirn, aber das Wühlen bringt bloß Moorlandschaften zutage und triste Gestalten im Nebel – keine Namen. Das geht ihm jetzt öfter so, er steht dann am Rand des Gesprächsfelds und darf nicht mitmachen. Egal. Diese Zumhoff braucht er ja gar nicht zu beeindrucken, sieht sie wohl kaum noch einmal.

Im Seniorenchor, sagt nun Frau Zumhoff, seien nur noch sechs Frauen sowie zwei Männer, und diese trügen Windeln. Sie hätten es gesagt, als sie die Weihnachtslieder übten. »In reinlichen Windeln das himmlische Kind viel schöner und holder, als Engel es sind«, singt Frau Zumhoff, und jetzt platzt Josch mit Lachen heraus, das Handy rutscht ihm von den Knien, Josch bückt sich und lacht unter dem Tisch weiter. »Sie sind eine nette Familie«, sagt Frau Zumhoff und steht auf. »Ich müsste dann mal …« Heiner zuckt zusammen. Er ist nicht sicher, ob er vorhin die Toilettenschüssel sauber hinterlassen hat, manchmal vergisst er den Blick zurück, dann ist Inge sauer. Aber Frau Zumhoff will nicht zur Toilette, nur nach Hause.

Um Mitternacht, als man ihn auf dem Sofa wach rüttelt und ans offene Fenster zerrt, weil die Neujahrsglocken läuten, erinnert er sich, was diese Zumhoff gesagt hat: Sie sind eine nette Familie.

Es stimmt. Es ist wahr. Es ist Januwahr.

Inge

Der Albaner ist kurz davor durchzudrehen, hat Frau Zumhoff gesagt. Inge versucht sich vorzustellen, wie man durchdreht. Sie liegt im Bett und horcht ins stille Haus. Mal nah, mal fern scheint die Stille, eine lautlose Brandung. Vielleicht ist der Albaner auch wach. Vielleicht steht er jetzt in der Küche des Flüchtlingsheims und schlägt alles kurz und klein. Oder knüpft sich an der Deckenlampe auf. Heiner neben ihr atmet tief und regelmäßig. Vor dem Einschlafen hat er sich herangemacht, sie hat Tampon gesagt, das reicht. Wenn er sich dann auf seine Seite wirft, hört sich das an wie: Dann halt nicht. Inge nimmt sich vor, Frau Zumhoff anzurufen, zu fragen, ob man etwas tun kann, für den, der durchdreht. Und ob man etwas Nettes ins Flüchtlingsheim bringen kann, Süßigkeiten. Sie könnte Josch und Nick mitnehmen, damit die mal sehen, was für ein schäbiges Leben andere haben. Ohne Elektronik und Sportgeräte und modisches Outfit. Sightseeing im Armenland, wird Heiner sagen, egal. Sie hat schon lange das Gefühl, dass sie zu wenig tun. Ein paar Spenden, und damit hat sich's. Nachbarin Zaugg macht Sammelaktionen, füllt Lastwagen mit Ware für die Lager drunten in Griechenland oder wo. Aber die hat Zeit, braucht nicht nebst dem Job täglich eine Familie aufzubügeln. Wenn sie, Inge, alleine lebte, könnte sie auch so was machen. Wozu sind wir auf Erden? Ein neues Jahr hat angefangen, und was hat sie für Pläne? Sie wird Nick ins Training fahren, Josch zum Ohrenarzt begleiten, die Matratzenüberzüge aus der Reinigung abholen. Und sie wird versuchen, ihre helle Jeans schwarz zu färben. Das hat sie noch nie gemacht, hoffentlich wird danach die Waschmaschine wieder sauber. Vielleicht könnte sie die Jeans und ein paar Jacken auch ins Flüchtlingsheim bringen. Für den, der bald durchdreht. Vielleicht ist der nicht größer als sie. Sind Albaner groß?

Gut, dass man Gedanken einfach fahren lassen kann und sie nicht steuern muss wie Fürze. Inge streckt sich durch bis in die Zehenspitzen und vertraut darauf, dass der Schlaf sie finden wird.

Nick

Totale Stille, Nick weiß nicht, warum er aufgewacht ist. Unter der Bettdecke kann er die Leuchtzeiger seiner Uhr sehen. Punkt vier. Das neue Jahr ist vier Stunden alt und sieht noch genauso aus wie das alte. Gleiche Schule, gleiche Typen, gleicher Trott. Sogar das Bleigießen hat nichts Aufregendes versprochen. Nachdem diese Tante von der Kirche endlich gegangen war, haben sie sich noch mal an den Küchentisch gesetzt und die Kerzen angezündet. »Blei ist giftig«, sagte Inge, »das wird bestimmt bald verboten.« »Dann nichts wie los«, sagte Josch und goss so etwas wie einen Apfel. Er war enttäuscht, auch als Nick sagte, es könnte ebenso gut eine Bombe sein. Inge goss einen Stiefel, Heiner einen dreipoligen Stecker und Nick ein schiefes Entchen. »Apfel, Stiefel, Stecker, Ente«, sagte Heiner, »ein ganz gewöhnliches Jahr, das da auf uns zukommt.« »Sei froh«, sagte Inge.

Danach war er mit Josch zum alten Fußballplatz gerannt, um ihre Feuerwerkssachen abzubrennen. Niemand da, nichts los, nicht mal ein paar lausige Schneeflocken. Also rannten sie gleich wieder heim, vor die Glotze. Um Mitternacht riss Inge die Fenster auf.

Ein neues Jahr knallvoll mit Zeit. Zeit ist etwas Unheimliches, denkt Nick, ist irgendwo im Hintergrund, und plötzlich steht sie vor einem und grinst. Da bist du ja noch, sagt das Grinsen, weißt du jetzt, was du mit mir anfangen willst? Ewig bin ich nicht für dich da.

In drei Tagen wird er sechzehn.

Was soll ich mit dem Jahr, denkt Nick. Wünschen geht ja eh nicht, aber wenn's ginge, dann wär's Nora.

Pausenlos kaut und schluckt der Sekundenzeiger unter der Bettdecke die frische Zeit. Vielleicht sollte er Großmutter Öme noch mal danken für die Uhr, sie hat sich Mühe gegeben mit ihrem Weihnachtsgeschenk. Auch wenn er lieber eine Swatch gehabt hätte.

Josch

Schon halb fünf, und niemand zu Hause. Die sind immer noch beim Neujahrssingen von Nicks Musikschule. Zum Glück ist er nicht mitgegangen. Josch wärmt sich den Rest des Eintopfs auf. Wenn er an das gestrige Abendessen denkt, muss er gleich wieder lachen. LOL. ROFL. OMG. Genau das war's, gestern unterm Tisch: Laughing out loud. Rolling on the floor laughing. Oh my god. Inge findet die Codes primitiv. Machen die Sprache kaputt, sagt sie. Sie müsste nicht so wichtigtun, nur weil sie den Fünft- und Sechstklässlern ein paar Englischstunden gibt, denkt Josch. Die ganze Welt soll wissen, dass sie Englischstunden gibt, gestern hat sie es auch dieser Frau von der Kirche gesagt. »Wissen Sie, ich sehe in meinen Englischstunden, was Kommunikation bewirkt.« Bla. »Gerade heute.« Bla. »Wir driften auseinander.« Bla.

Zum Glück ist er unter den Tisch gedriftet, als die Frau zu singen anfing. Das Lachen kam wie Durchfall, sprudelnd. Er hat dann gleich noch einen Umschlag aus der Tasche der Frau gefischt. DDT. PAW. Don't do that. Parents are watching. Aber warum stellt die Frau die Tasche so schön offen neben ihren Stuhl. Tut man nicht. Dreihundertdreißig Franken waren in dem Umschlag. Nur dreißig hat er herausgenommen – exakt so viel, wie er Nick schuldet – und hat den Umschlag zurückgesteckt.

Er legt die drei Zehnernoten auf Nicks Schreibtisch und schaut sich ein bisschen im Zimmer um. Hier sieht immer alles so aus, als hätte es eine Wichtigkeit. Nick ist knapp drei Jahre älter als er, wird im Frühjahr ins Kellerzimmer umziehen, dann hat er eine Kochnische, Dusche/Klo und einen Eingang für sich. Inge und Heiner haben ihm versprochen, bis Ostern das Zimmer auszuräumen. Noch ist es vollgestellt mit dem Zeug aus Ömes Wohnung. Großmutter Öme hat es dann doch vorgezogen, in eine Seniorenwohnung mit Balkon zu ziehen statt zu ihrer Familie ins Untergeschoss. Heiner hat sich gefreut. Inge auch, sie hat bloß ein bisschen enttäuscht getan.

Josch mag Öme, auch Nick mag Öme, sie kommt jeden Mittwoch und kocht und macht Schulaufgaben. Sie kann Joschs Schrift perfekt nachahmen, und sie kann Nick so abfragen, dass er lacht. Ich und Öme, denkt Josch, wir sind die Lustigen in der Familie. Nick wird mal der Gescheiteste sein. Inge und Heiner befehlen, aber Heiner kann's besser. »Bei uns wird nicht geschnüffelt, verstanden?«, hat Heiner gesagt. Geheimnisse sind privat, sonst wären es keine, und Schnüffler sind ein falsches Pack. Josch steht in Nicks Zimmer vor dem Schreibtisch, die Hände in den Taschen, damit er nichts anfasst. Er kann es aber nicht lassen, auf dem Regal hinter die zweitoberste Bücherreihe zu tasten, er weiß, dass Nick dort Sexhefte versteckt. Aber diesmal ist nichts da. Vielleicht hat er ein neues Versteck, oder er schaut sich das Zeug neuerdings im Internet an. Heiner hat zwar so eine Art Sperre eingerichtet, aber Nick weiß längst viel mehr, wenn nicht alles, über Computer und so weiter.

Josch erschrickt manchmal, wenn er merkt, dass ihm alles gleich wichtig und gleich egal ist. Er müsste sich interessieren und weiß nicht wofür. Öme hat einmal gesagt: Aus dir wird was. Aber was Was ist, hat sie nicht gesagt.

Mit einem kurzen hellen Grrr kommt Herr Petermann herein. Josch hebt ihn hoch, drückt die Nase auf seinen Bauch, dreimal, so will es das Ritual. Gerade als er sich hinkniet, um unter Nicks Bett zu schauen, ruft jemand Hallo. Inge. Hallo, Joschele, bist du da?

Nick

Er gibt das Warten auf. Eine Dreiviertelstunde hat er versteckt hinter der Bushaltestelle gestanden, hat auf die Buchsbaumhecke gestarrt und gehofft. Aber Nora kommt nicht. Er wäre mit ihr in den Bus gestiegen, der nicht in seine Richtung fährt. Hätte sie ihn erstaunt angeschaut, hätte er gesagt, das sei neuerdings sein Weg in die Gitarrenstunde, sein Lehrer sei umgezogen. Cool, dass sie auch in diesem Bus sitze. Ob sie nach Hause fahre. Das bräuchte er nicht zu fragen, er weiß genau, wo sie wohnt und bei welcher Haltstelle sie aussteigen wird.

Ohne Theater geht es nicht. Hat man ihm beigebracht, noch vor dem Kindergarten. Play the game. Auch die nett grüßen, die nicht nett sind. Auch dann laut lachen, wenn es wehtut. Auch das versuchen, was nicht gelingen wird. Theater, alle spielen Theater. Wer nicht? Josch vielleicht. Josch ist immer noch Josch.

Auf der Nachhausefahrt schließt er die Augen. Sieht immer noch Buchsbaumgrün.

Kein Familientisch heute Abend, Josch hat schon gegessen, Inge will nicht essen, und so sitzen nur Nick und Heiner beisammen und schweigen. Nick kann völlig entspannt mit Heiner nichtreden, das ist friedlich. »Holst du mal den Senf?«, sagt Heiner. »Scharf?«, sagt Nick. »Ja«, sagt Heiner, und das ist schon alles. Nick sollte endlich damit herausrücken, dass er sein Fahrrad nicht mehr hat. Ist gestohlen worden. Genau heute vor zwei Wochen. Er hat es nicht abgeschlossen, obwohl Heiner ihm ein neues Schloss gekauft und Inge immer wieder gesagt hat, schließ es ab, hörst du, schließ es ab. Nun ist er schuld am Diebstahl. Er möchte Heiners Vorwürfe nicht hören, weiß genau, wie sie klingen. Er hat nichts, um sich zu rechtfertigen. Er kann ja nicht sagen, dass er keine Zeit hatte abzuschließen, weil er Nora nicht aus den Augen verlieren wollte, weil er herausfinden musste, wohin sie ging, ob sie zu Georg ging. Wer ist denn Nora, würde Inge wissen wollen, eine Freundin? Deine Freundin? Bring sie doch mal mit nach Hause, oder ist sie vielleicht zu fein für uns, so übel sind wir doch nicht. Das ist Inge-Sound. Macht sich lustig über feines Getue, dabei tut sie selber so und merkt es nicht mal. Würde erschrecken, wenn sie feststellte, dass Nora nicht vornehm ist, sondern na ja. Nora ist laut. Nora ist sexy.

»Holst du mir noch ein Bier?«, sagt Heiner. »Helles?«, sagt Nick. »Ja«, sagt Heiner, und das ist schon wieder alles. Die Tischlampe macht aus der Küche einen schimmernden Teich. Sie lassen einander schwimmen. Sie würden einander retten.

Heiner

Seit diese Frau da war, Frau Zumhoff, denkt Heiner, es wäre manchmal schön, sich in eine Kirche zu setzen, wo gesungen wird. Es wäre manchmal schön, nichts mehr zu hinterfragen, weil ja alles geschrieben steht. Es wäre manchmal schön, die Welt so zu sehen, wie er sie als Kind sah. Es war eine Welt, in der man für Gutes belohnt und für Schlechtes bestraft wurde, was gut und was schlecht war, wusste man, man nahm und bekam, man wuchs ohne Anstrengung. Und man brauchte keinen Sinn des Lebens zu suchen, dafür war der Allmächtige zuständig, der dort oben.

Seit er im Amt für Energie die Leitung übernommen hat, möchte er abends einfach nur Ruhe. Er scheut sich vor Grundsatzdiskussionen, ja keinen Knatsch, nicht mit den Kindern, nicht mit Inge, lieber was tun im Haus, in der Garage, bitte keine schlechten Gerüche von Menschen mit Problemen, er will nur noch Holz, Leim, Dispersionsfarbe und Putzmittel riechen, auch der Gestank eines verstopften Siphons oder einer Mäuseleiche ist ihm egal.

Wie ein Konditor, der abends genug hat von Torten, hat er abends genug von Menschen. Als die Zumhoff anruft, bemüht er sich, freundlich zu wirken. Sie sagt, sie vermisse einen Umschlag mit Geld, ob sie vielleicht einen gefunden hätten. Es sei zwar eher unwahrscheinlich, dass er ihr aus der Tasche gerutscht sei. Aber sie habe überall vergeblich gesucht. Dreihundertdreißig Franken, von den Senioren für die Asylsuchenden. »Tut mir leid«, sagt Heiner, »bei uns lag nichts.« Zehn Tage ist das her, dass die Zumhoff da war, und erst jetzt ruft sie an. Hält es für möglich, dass wir gefundenes Geld einfach einstecken. Die kann uns mal.

»Habt ihr vielleicht so nebenbei dreihundertdreißig

Franken eingesteckt?«, fragt Heiner beim Abendessen. »Frau Zumhoff vermisst Geld.« »Nö«, sagt Nick. »Nö«, sagt Josch. Und Inge sagt: »Die kann uns mal.«

Herr Petermann streicht Heiner um die Beine, schnurrt. Herr Petermann schnurrt immer dann, wenn man es nicht erwartet. Als sich die Jungen verzogen haben und Inge eine neue Flasche Wein holt und sich ihm von hinten nähert, denkt Heiner: Jetzt. Jetzt tut sie's. Umarmt mich rücklings, küsst mich irgendwo auf den Kopf, sagt Heinermann oder so was. Sie tut's nicht.

Josch

Stimmt doch, denkt Josch, ich habe nicht dreihundertdreißig Franken eingesteckt, nur ein bisschen was. Die tickt nicht richtig, die Frau. Hab ich schon gedacht, als sie gesungen hat. Soll sie das Jesulein fragen, wo ihre ganzen Geldscheine sein könnten.

Danke, Josch, hat Nick aus dem Zimmer gerufen, als er die Scheine gefunden hat. Wollte nicht wissen, wie Josch plötzlich zu Geld gekommen ist. Fragt nie, woher Josch seine Sachen hat, etwa den Pulsmesser oder die Funkkopfhörer. Es ist Inge, die fragt. Und wenn Josch sagt, gehört der Schule, ist Inge zufrieden.

Er hat einiges ein bisschen besser versteckt, denn Inge will eine Sammelaktion starten. Sie will in jedem Zimmer prüfen, was nicht unbedingt gebraucht wird und allenfalls im Flüchtlingsheim von Nutzen wäre. Nick und Josch sollen helfen und sie dann ins Heim begleiten. Sie leidet wieder mal an einem Schub Erziehungswahn. Meine Kinder sollen gute Menschen werden in dieser schlechten Welt.

Wenn Inge diesen Mutterblick hat, denkt Josch sich ein Paar Hasenohren und ein geblümtes Kleid dazu.

Inge ist fündig geworden, hat drei dieser großen blauen Ikea-Taschen gefüllt. Josch lacht, weil Nick die Augen verdreht, als Inge den Inhalt der Taschen auflistet. Schuhe, T-Shirts, Jacken, Decken, CDs, Fonduepfanne, Eierkocher, Kuchenbleche … Ob die Asylanten die CDs auf dem Eierkocher abspielen sollten, fragt Nick. »Sag nicht Asylanten«, erwidert Inge, »das klingt schon fast wie ein Schimpfwort.« Wie dann. Asylsuchende, Flüchtlinge, Geflohene. »Geflohene ist auch nicht nett«, sagt Josch, »das klingt, als hätten sie Flöhe.« Nick lacht. Das ist ein Kompliment für Josch.

Vor der Tür des Flüchtlingsheims wartet Frau Zumhoff, und Josch bemerkt sofort, dass ihre Tasche wieder offen steht. Die ist ja dumm, die Frau. Nun sollen sie in der Gemeinschaftsküche etwas trinken und die Menschen kennenlernen, sagt Frau Zumhoff, worauf Nick wieder die Augen verdreht. Frau Zumhoff hat's gesehen.

Keine Menschen in der Küche. »Wollen wir uns setzen?«, fragt Frau Zumhoff, aber Inge, Nick und Josch stehen so da, als wollten sie nicht. Ein schmaler Mann mit kurzem Haar erscheint unter der Tür und verschwindet gleich wieder. »Das war Tarek«, sagt Frau Zumhoff. »Er macht gerade eine schwere Zeit durch.« Wohin sie mit den blauen Taschen sollten, fragt Inge, und als Frau Zumhoff sagt, einfach hier in der Küche stehen lassen, furzt Inges Munterkeit wie Luft aus einem Ballon. Josch meint es zu hören. Sie ist enttäuscht, weil sie nicht im Heim herumgeführt wird und den Geflohenen nicht huldvoll zunicken kann.

»Peinlich«, sagt Nick, als sie wieder im Auto sitzen. »Also echt«, sagt Josch.

Inge

Ich geh noch mal ohne die Jungen hin, denkt Inge, gleich morgen zur gleichen Zeit. Vielleicht kommt der junge Mann wieder in die Küche. Tarek heißt er, hat die Zumhoff gesagt.

Sie geht erneut mit einer blauen Tasche durchs Haus und legt dies und das hinein. Dieser Tarek hat etwa Heiners Länge, ist aber dünner, Heiner ist ein Bär, bewegt sich auch ein bisschen so. Sie findet in seinem Schrank einen Pullover sowie drei Hemden, die er kaum vermissen wird. Auch die Krawatte mit den Marienkäfern trägt er nie. Dann füllt sie die Tasche mit ein paar unschönen Badetüchern auf.

Einmal hat sie in ihrem Kleiderschrank die teure weiße Kaschmirjacke nicht gefunden. »Wer hat die einfach genommen«, fragte sie empört. Heiner lachte bloß, und Nick und Josch meinten, mit so einem Teil würden sie gar nicht rumlaufen wollen. Inge glaubte ihnen nicht, bis sie eines Tages Herrn Petermann aus dem Schrank kommen sah. Und da lag dann auch die Jacke, auf dem Schrankboden, zerknüllt und voller Katzenhaar.

Über eine Stunde sitzt sie in der Küche des Flüchtlingsheims. Erst war noch der Sozialarbeiter da und eine Frau aus Eritrea, dann bleibt sie mit Tarek allein, zupft Heiners Krawatte aus der Tasche und schiebt sie ihm über den Tisch. In seinem Gesicht bewegt sich etwas, die Andeutung eines Lächelns. »Danke«, sagt er. »Marienkäfer«, sagt Inge. »Die bringen Glück.« Tarek nickt, aber Inge hat gleich gemerkt, dass er nichts versteht. »Good luck.« Er rollt die Krawatte sorgsam zusammen, Inge schaut seinen Händen zu, sie wirken stark und fein zugleich, die Nägel sind wohlgeformt und kurz geschnitten, auf dem Handrücken zeichnen sich wie helle Stäbe die Knochen ab. Ein Lederbändchen fällt lose übers Gelenk. Inge sucht Papier und Stift in der Tasche, schreibt »Inge«, schreibt »42«, schreibt »teacher«. Tarek kapiert, schreibt »Tarek«, »32«, »policeman«. Der war doch wohl nicht Polizist, denkt Inge, was soll das. Sie schreibt »Switzerland«. Er schreibt »Albania«. Sie schreibt »2 children«. Er streicht die Zwei durch und schreibt eine Null darüber. Inge lacht, er nicht. Die Krawatte hat sich wieder auseinandergeringelt.

Auf dem Nachhauseweg stellt sich Inge vor, wie sie vor Tarek steht und ihm die Krawatte umbindet, wie verletzlich sein Hals wirkt, wenn er das Kinn hochreckt. Morgen wird sie Frau Zumhoff anrufen, um mehr über den Polizisten zu erfahren, so er denn einer ist.

Niemand zu Hause, kein Echo auf ihr Rufen. Josch hat heute um drei Schulschluss und sollte längst da sein, aber in letzter Zeit treibt er sich herum, sagt nicht wo. Inge holt die Wäsche aus dem Trockner und trägt sie in die Zimmer, sieht Joschs ungemachtes Bett und denkt, das geht mich nichts an. Dann schaut sie doch genauer hin, weil sich die Decke so wölbt, als läge jemand darunter. Josch liegt darunter, hat die Hände vorm Gesicht, hat geweint, hat diese roten Flecken wie früher. Sie streicht ihm über den Hinterkopf, setzt sich und streicht. Früher hat das geholfen. »Joschi-Josch«, sagt sie. Josch richtet sich auf und sagt: »Ich fliege von der Schule.«

Inge erschrickt und tut, als ob nichts wäre, dabei weiß sie genau, dass Josch es gemerkt hat. Josch riecht so was gleich, auch Nick, der Mutterehrgeiz drückt durch wie Schweiß. »Das ist doch keine Katastrophe, Joschi-Josch.«

Als Herr Petermann aufs Bett springt und neben Joschs Kopf ein tiefes Schnurren anfängt, verzieht sich Inge in die Küche, muss sich irgendetwas in den Mund schieben.

Verwundert spürt sie in sich eine Regung, die sich wie Glück anfühlt.

Nick

Manchmal fragt er sich, wie Josch es macht, dass man ihm nicht böse ist. Diesmal gab er an, er würde von der Schule fliegen – großes Drama –, und bewirkte damit Mitleid und Zuspruch. Dann berichtigte er, das Vonderschulefliegen sei nur eine Drohung des Mathelehrers gewesen, das bewirkte Erleichterung und weiteren Zuspruch. Er, Nick, hätte wohl gleich mit der Drohung des Mathelehrers angefangen und damit das Gegenteil von Mitleid ausgelöst. Entweder ist Josch raffinierter oder einfältiger, auf jeden Fall hat er es in diesem Haushalt leichter. Nick hat noch immer nichts erzählt vom gestohlenen Fahrrad, das hätte Josch schon längst gemacht und statt Verärgerung wahrscheinlich Bedauern hervorgerufen. Ich bin anders als er, denkt Nick. Vielleicht hab ich ihn deshalb gern.

Nach fünfmal vergeblich Warten an der Bushaltestelle hat es endlich geklappt: Der Bus fährt vor, Nora kommt gerannt, steigt hinten ein, Nick nimmt die vordere Tür und bewegt sich sozusagen zufällig auf Nora zu. Sie macht wie erwartet ein erstauntes Gesicht, und Nick murmelt etwas von Gitarrenstunde und neuer Adresse. Sie sitzen nebeneinander, Bein an Bein, Nick schaut Noras Händen zu, wie sie einen Schlüsselanhänger zurechtbiegen, den Kopf nach ihrem Gesicht zu drehen, das traut er sich nicht. Bei der Haltestelle Flurgarten steht sie auf, zwängt sich an ihm vorbei, streift mit dem Schal seine Nase. Was für eine Gitarre er habe, fragt sie noch. Nick wird nie rot, jetzt würde er, wenn. Seine Beine fühlen sich ungleich an, das eine vermisst den Druck von Nora. Er fährt noch eine Station weiter, Fichtensteig, und dann läuft er den ganzen Weg zurück, mit federleichten Füßen, bis nach Hause.

»Wo warst du?«, fragt Inge. »Im städtischen Amt für Wild- und Hausschweinzucht«, sagt Nick, und weil Josch lacht, lacht Inge auch.

»Wir essen in zehn Minuten«, sagt Inge. Das reicht gerade noch, denkt Nick, geht hoch in sein Zimmer und zieht unter der Bettdecke die Hose runter.

Und wieder ist er mit Nora Bus gefahren, sie haben stehen müssen, und bei einem ruckartigen Stopp hat sie sich an ihm festgehalten, und er meint gespürt zu haben, dass sie ihn nicht umgehend losließ. Da hat er ihr gesagt, dass er gar nicht zur Gitarrenstunde fährt. »Schon gewusst«, sagte sie nur.

In der großen Pause gehen sie nun jeweils aufeinander zu, so als hätten sie's abgemacht, setzen sich auf eine Treppenstufe oder draußen auf die Schulhofmauer, wo Nora eine raucht. Nick hat neuerdings ein Feuerzeug dabei.

»Gehst du jetzt mit der?«, fragt Josch. »Mit welcher?« »Mit der mit dem Piercing.« Nick hat nicht gewusst, dass er von Josch beobachtet wird. Zwar besuchen sie dieselbe Schule, aber die unteren Klassen haben einen eigenen Pausenhof. Was Josch da treibt, weiß Nick nicht. Sie sehen einander auch nicht auf dem Schulweg. Der große und der kleine Bruder treten nicht zusammen auf. »Was heißt schon ›gehen‹«, sagt Nick.

Es wird nicht lange dauern, bis Inge von »der mit dem Piercing« weiß, und dann fängt die Fragerei an.

Heiner

Schlechte Stimmung beim Abendessen, Heiner hasst das. Er isst, so schnell er kann, und nimmt sich vor, die Tür zuzuschmettern, wenn er ins Wohnzimmer geht. Inge hat gefragt, ob sie Heiners altes Notebook ins Flüchtlingsheim geben könne, worauf Josch aufgeheult hat: Er wolle das Notebook, das sei doch irgendwie abgemacht, und jetzt trage Inge alles in dieses blöde Heim, die hätten da sogar in der Küche einen Fernseher, holy shit. »Das ist unfein«, sagt Inge. »Mir egal, holy shit«, sagt Josch. Heiner schaut Nick an, worauf dieser sagt, Inge habe das Helfersyndrom oder so was. Bitte keine Diskussionen, denkt Heiner und trinkt seinen Rotwein in einem Zug aus. Er sagt, gerade als Inge protestbereit den Mund aufmacht, Josch könne das Notebook haben, steht auf, geht und knallt die Wohnzimmertür hinter sich zu. Es knallt so laut, dass er selber erschrickt. Er erwägt, die Tür wieder aufzumachen und sich zu entschuldigen. Nein, so ein Waschlappen ist er nun auch wieder nicht. Aber dann drückt er doch die Klinke runter: »'tschuldigung.« Und schon ist Inge da und umarmt ihn, was ihn freut. Auch wenn klar ist, dass sie etwas von ihm will.

Er hat wieder eins. Diesmal ist es ihm zugeflogen: Haiku 141.

Wenn sie errötet
fliegt Inges Geheimnis weg
Leicht wie ein Vogel

Er gibt seinen Haikus Zahlen, Titel scheinen ihm zu pompös. Manchmal arbeitet er wieder und wieder an den drei Zeilen, manchmal, wie jetzt, kommen sie ungefragt und sind meist besser als die aus dem Fleiß erschaffenen. Sein liebstes Haiku ist Nummer 12:

Achtbeiniger Mensch
morgens unter der Decke –
die Familie

Er sitzt vor dem Fernseher, die Tagesschau sieht sich sonst niemand an, zufrieden schließt er die Augen wie immer nach einem Haiku und hört sich den Protest von Flüchtlingen, eine Litanei des Bundespräsidenten und das Fauchen eines Großbrands an.

Der Helikopter hat ihn geweckt, jemand wird ins Spital geflogen. Viel Glück, wünscht Heiner und merkt, dass auch Inge wach ist. Sie rollt sich auf seine Seite. Jetzt wird er erfahren, was sie von ihm will. »Heiner, schläfst du?« »Ja.« »Ich habe eine Idee.« Sie legt los, er spürt an der Schulter ihr Kinn, das sich bewegt, und am Ohr ihren warmen Atem. Die Idee ist keine Idee mehr, sondern bereits ein strategisch ausgefeiltes Konzept: Das Kellerzimmer soll in den nächsten zwei Wochen ausgeräumt und dann bescheiden möbliert werden, für die Kochnische wird einiges dazugekauft, auch einen Teppich braucht es, aber keinen neuen Anstrich, vielleicht einen Anschluss für den kleinen Fernseher, und der Heizkörper muss überprüft werden, dann kann jemand aus dem Flüchtlingsheim einziehen, und Familie Dreher leistet endlich etwas Sinnvolles für die Allgemeinheit. »Und Nick?«, sagt Heiner. Den übernehme sie, sagt Inge. »Schlaf mal drüber.«

Unter den Lidern
explodiert ein Feuerwerk
schrill aber lautlos

Das gibt noch zu feilen.

Inge

So, denkt Inge, das Ei wär schon mal gelegt. Jetzt muss es nur noch gegart werden. So vier, fünf Tage Garzeit bei Niedrigtemperatur. Schneller geht das nicht mit Heiner. Immerhin war er nicht gleich völlig empört oder hat ihr das Wort abgeschnitten. Als sie gesagt hat: »Schlaf mal drüber«, hat er sich folgsam umgedreht und die Decke halb übers Gesicht gezogen, wie er das immer macht, wenn er einschlafen will. Der Albaner Tarek würde sich eignen als Familiengast, alt genug und jung genug. Sie hat ihn wieder getroffen, als sie eine Tüte voll Kleinigkeiten ins Flüchtlingsheim gebracht hat, Kopfhörer, Gürtel, Schals, Sonnenbrillen, eine Armbanduhr. Erst waren ein paar Eritreer in der Küche, sie hat sich ein bisschen mit ihnen auf Kürzestenglisch unterhalten – Food good? Family Eritrea? –, und als Tarek auftauchte, wusste sie, dass sie eigentlich nur darauf gewartet hatte, dass Tarek auftauchte. Wie erhofft knipste er ein Lächeln an, es war gerade so groß, dass man seine Zähne nicht sah. Aus Inges Tüte wollte er nichts haben. Er schob seinen Ärmel zurück, da kam eine schöne Uhr zum Vorschein.

Auch einer der freundlichen Eritreer käme für das Kellerzimmer infrage, Oder eine Frau, vielleicht mit Kleinkind. Aber was, wenn das Kind so laut ist, dass sich Heiner gestört fühlt? Am besten wird man erst einmal mit Frau Zumhoff reden und einen Termin mit der Heimleitung vereinbaren. Vielleicht gibt es Vorschriften, wer privat untergebracht werden darf und wer nicht. Sie, Inge, wird auf jeden Fall fragen, ob sie als Gastfamilie einen Wunsch äußern dürfen. »Mein Mann und ich haben an Tarek gedacht«, wird sie sagen.

Wie sie es anstellen soll, dass Heiner an Tarek denkt, ja überhaupt an einen sogenannten Gast denkt, das weiß sie noch nicht.

Auch nicht, wie sie Nick beibringen kann, auf das Kellerzimmer erst mal für eine Weile zu verzichten.

Auch nicht, wie groß mit Tarek oder sonst wem das familiäre Durcheinander wird.

Auch nicht, ob sie sich nicht doch beim Frauenarzt anmelden müsste.

O wie gut, dass ich nicht weiß, dass ich mich ins Dingsbums beiß.

»Ihr habt es versprochen«, sagt Nick. »Versprochen ist versprochen.« Inge erschrickt, wie bös er sie anschaut, hat bislang nicht gewusst, dass Nick so schauen kann. »Ja, Nick. Du kannst da unten ja einziehen, einfach ein bisschen später.« »Wann später?« »Sechs Monate? Zwölf? Was weiß ich. Denk doch an die armen Teufel, die haben fliehen müssen. Ich finde, wir sollten …« Nick geht aus dem Zimmer, schlägt die Tür nicht zu wie neulich Heiner.

Erst zwei Tage später merkt sie, dass Nick seither nicht mit ihr gesprochen hat. Nur mit Heiner und Josch. Wenn sie etwas zu ihm sagt, hebt er die Schultern oder läuft weg.

Wozu hat man eigentlich Kinder? Um ihre Schuhe gerade hinzustellen.

»Nick«, sagt Inge, »was soll ich tun, damit du nicht mehr sauer bist?« Er sieht unglücklich aus, hebt die Schultern, drückt sich an ihr vorbei. »Denk dir was aus!«

Was er sich ausgedacht hat, überreicht er ihr schriftlich:

Wenn der Albaner hier einzieht, will ich am Samstag- und Sonntagabend bis elf Uhr wegbleiben dürfen. Sowie Samstag und Sonntag familienfrei.

Inge bringt es fertig, die Forderung herunterzuhandeln. Samstags spätestens um elf zu Hause, familienfrei nur sonntags. Das erst mal bis auf Weiteres. »Und übrigens, Nick, den Albaner kannst du vergessen. Wer hier einzieht, das sehen wir dann.«

Wie lange ist das her, dass sie und Nick Hand in Händchen gingen – zwölf Jahre? Dass sie ihn hochhob, damit er sie umarmte – dreizehn Jahre? Dass sie sang, damit er einschlief – vierzehn Jahre? Dass er sein Händchen unter ihren Ärmel schob, während er trank – fünfzehn Jahre?

Februar

Josch

Er hat Angst. Er weiß, dass es Angst ist, es ist aufsässiger als ein schlechtes Gewissen, geht nicht weg. Ist wie dauernd leicht frieren in einer zu engen Jacke. Er hat immer mal wieder ein bisschen was abgestaubt, wenn es sich ergab. Keine großen Schuldgefühle deswegen. Die sich beklauen lassen sind selber schuld, Doofnasen. Aber das jetzt ist schlimmer.

Als er in der Pause kurz ins Klassenzimmer lief, um die Spielkarten für den Zaubertrick zu holen, sah er das Handy auf dem Pult, Madame hatte es liegen lassen, Madame Villars, Französischlehrerin. Josch steckte es ein und lief zurück auf den Pausenhof.

Madame schrieb an die Tafel:

Où est mon portable?

Qui a vu mon portable?

Als es in der Klasse still blieb, sagte sie: »Wo ist mein Handy, nondödiö?« Ging hinaus, blieb eine Weile weg, und als sie wiederkam, sagte sie bloß: »Ich habe im Rektorat Anzeige erstattet.« Dann lief der Unterricht weiter mit Futur und der ganzen Kacke.

Es ist ein neues iPhone, silbergrau. Passt zu Heiners Ladekabel. Es war noch eingeschaltet, als Josch es in die Tasche steckte, und er hütet sich, es auszuschalten. Madame hat bestimmt ein kompliziertes Passwort.

Josch ist nicht sicher, ob jemand gemerkt hat, dass er in der Pause ins Klassenzimmer gegangen ist. Den anderen hat er davon nichts gesagt, hat sich rasch wieder zu ihnen gesellt und die Karten aus der Hosentasche gezogen. Schaut mal her.

Als Madame fragte, wo ihr Handy sei, drehte sich niemand nach Josch um. Schon mal kein schlechtes Zeichen.

Madame hat Dutzende von Mails von einem Arnaud. Sie hat erst wenige Bilder geladen. Sie hat einiges auf Voicemail. Josch wird heute Abend im Bett alles anschauen.

Wenn bis in drei Tagen niemand von der Schule anruft, hört das wohl auf mit dieser Angst.

Nick

Der Deal ist nicht schlecht, samstags bis elf Uhr wegbleiben und am Sonntag familienfrei. Nick ist so weit zufrieden. Zwar hat er sich lange ausgemalt, wie er Nora zu sich ins Kellerzimmer einlädt und sie dann über Nacht bleibt. Aber das kann er vergessen, Heiner und Inge würden einen Aufstand machen. Darum kann er ebenso gut noch eine Weile in seinem alten Zimmer bleiben. Erst mal muss er Nora dahin bringen, dass sie ihn mit zu sich nach Hause nimmt. Bislang hat sie nach Ausreden gesucht.

Das Beste an seinem Zimmer ist das Fenster, das wissen die anderen gar nicht. Dass er den schönsten Ausblick hat, war ihm nicht bewusst, bis er eines Tages ins Zimmer trat und überall grüne runde Blättchen lagen. Ein Sturm hatte sie hereingeweht. Nick sammelte sie ein. Sie waren dünn wie Kartoffelchips und hatten in der Mitte einen kleinen Kern. Nick fand via Internet heraus, dass es nicht Blättchen waren, sondern Früchte und dass der Baum eine Ulme war. In seiner Familie versteht niemand viel von Pflanzen, und als er am Tisch die Ulme erwähnte, sagte Heiner »Ah ja« und Inge »Ach so«.

Seither ist die Ulme sein Baum, auch wenn sie in Nachbars Garten steht. Sie füllt die Mitte von Nicks Fenster und lässt links und rechts ein Stück Himmel frei. Täglich schaut Nick prüfend aus dem Fenster, als wär die Ulme ein großes Tier und könnte davonlaufen. Er weiß, wie sie sich färbt im Herbst, wie hutzlig sie im Winter ausschaut und wo ein Vogelnest verborgen ist. Er weiß, dass der Himmel nicht nur blau und grau, sondern auch lila und gelb sein kann. Der Nachbar heißt Kolbrat und ist ein Arschloch, weil er Herrn Petermann mit Flüchen aus dem Garten scheucht.

Als er Nora zum ersten Mal küsste, erschrak er so, dass er sich nicht noch Weiteres traute, die Bluse aufknöpfen oder so. Sie ging ja dann auch gleich, weil sie die Putzleute kommen hörten und nicht in der Lehrertoilette erwischt werden durften. Schon so manches Mal hat er sie nach Hause begleitet, aber vor der Haustür hat sie ihn abgewimmelt, er weiß nicht warum. Vielleicht soll er nicht sehen, wie sie wohnen, oder es gibt sonst etwas, das sie ihm nicht zeigen will, irgendeinen trotteligen Onkel.

Josch

Jeden Abend, bevor Heiner heimkommt, lädt Josch an dessen Ladestation Madames iPhone auf und durchsucht es dann vor dem Einschlafen. Bis jetzt hat er nicht viel Aufregendes gefunden. Bei den Fotos jede Menge Blumen und immer denselben Mann, einmal nackt von hinten, vermutlich ist das Arnaud. Das Ärgerliche an den Mails ist, dass Madame Deutsch, Arnaud aber Französisch schreibt. Und davon versteht Josch kaum etwas. Zweimal spricht Arnaud auf die Voicemail, sagt einmal schtemm und einmal schemmtefess, was immer das heißen soll. Madame hat Musik geladen, das klassische Zeug, das Heiner gern hört, Josch hat nichts anderes erwartet. Er weiß selber nicht, auf was für sensationelle Funde er hofft. Angenommen, er würde auf dem iPhone erfahren, dass Madame Sex mit dem Rektor hat, was könnte er dann damit anfangen? Jetzt geht er noch den Suchverlauf durch, mal sehen, was sie alles wissen wollte. Lemberg. Weißtee. Vorname Hillary. Paradigma. Hausmittel Schuppen. Nordlicht. Lawinengefahr. Aphrodisi was? Das gibt vielleicht was her. *Aphrodisiakum ist ein Mittel zur Steigerung des sexuellen Verlangens.*

»Wer braucht Aphrodisiakum?«, fragt Josch, als alle am Tisch sitzen und Inge Safranreis in die Teller schöpft. Inge lässt den Löffel sinken. »Betonung auf dem zweiten i«, sagt sie, Nick kichert, und Heiner sagt: »Was soll das?« »Safran«, sagt Josch, »soll gut sein.« Es wird kurz still am Tisch, dann sagt Inge: »Apropos gut. Ist Frau Mäkle wieder gesund?« »Nein, sie kommt noch nicht ins Büro«, sagt Heiner. Zum Glück. Das hat er nicht gesagt. Aber alle wissen, dass er sich freut. Frau Mäkle ist seine Sekretärin, er hat sie von seinem Vorgänger übernommen, und sie liegt ihm gar nicht. Sie macht so ein Zischgeräusch mit der Zunge am Gaumen. Sie riecht nach gekochter Zwiebel. Sie schreibt immer Abkürzungen: *mit frdl. Gruß*, *zuzgl. Spesen*. Und dann die dicken Oberschenkel in viel zu engen Hosen. Und sie seufzt dauernd. Mehr weiß Josch nicht von der Mäkle. Er sieht, dass Inge wieder so ein Gesicht aufsetzt, als ob ihr die Mäkle leidtue. »Was fehlt ihr denn?«, fragt sie. »Sie hat keinen Safran«, sagt Josch. »Jetzt hör aber auf«, sagt Heiner, und Nick lacht so, dass Josch weiß: Er findet mich gut.

Inge
Sie liegt wach, Heiner schnarcht leise und stetig, klingt fast wie Katzenschnurren. Wer braucht Aphrodisiakum. Ach, Josch. Ich! Wenn Heiner mich anfasst, spür ich in etwa so viel, wie wenn mir die Praxishilfe die Blutdruckmanschette umlegt. Oder der Coiffeur den Nacken rasiert. Nichts Aufregendes tut sich mehr in diesem Bett. Es ist Zeit, dass sich wenigstens im Haus etwas tut. Morgen rufe ich Frau Zumhoff an. Guten Tag, wir hätten gerne einen Flüchtling. Haben Sie einen auf Lager? Männlich oder weiblich, einfach frisch sollte er sein. Nicht nach gekochter Zwiebel riechen. Das mag mein Heiner nicht. Nein, für zwei haben wir nicht Platz genug. Da müsste einer in die Tiefkühlbox. Heiner, hörst du mich in deiner Schnarchdroschke? Morgen ruf ich an, und du wirst mitkommen und dir einen Flüchtling aussuchen, zum Beispiel Tarek.

Alles ist schneller gelaufen als gedacht. Frau Zumhoff hat den Mann von der Asylbehörde vorbeigeschickt, der hat die Unterkunft für gut befunden und ein provisorisches Okay gegeben. Er suche niemanden aus, hat Heiner gesagt, Inge solle das tun, sie habe den Flüchtling dann am Hals. Es sei ihr Wunsch und somit ihr Problem.

Es war immer Tarek, den sich Inge als Mitbewohner vorgestellt hat. Seit sie mit ihm am Küchentisch des Flüchtlingsheims gesessen hat, war es Tarek. Seine Hände gesehen hat, wie sie die Krawatte zusammenrollten. Seine Augen gesehen hat, die sie anblickten und sich schnell wieder davonmachten, braune Augen. Zimtbraun, nein, dunkler.

Tarek also.

Schon am nächsten Samstag kommt er zum Brunch, um die Familie und seine neue Unterkunft zu besichtigen. Heiner, Nick und Josch haben versprochen, eine Stunde lang am Tisch zu bleiben. Heiner gab sich unfroh und Nick sauer, und Josch machte Sprüche. »Jetzt haben wir den Tadreck.« Heiner zog Josch am Ohr. Am Sonntag werden die Jungen in die Sportwoche fahren, und Inge wird mit dem Räumen des Kellerzimmers anfangen. Frau Zumhoff hat vorgeschlagen, dass Tarek helfen soll. Aber das will Inge nicht. Sie will alles schön herrichten und dann den Gast hereinbitten. Willkommen im Haus Bleibachstraße Nummer acht!

So schnell ist das alles gegangen. Fing damit an, dass die Zumhoff zum Abendessen hereinschneite und die Asylsuchenden erwähnte. Danach lag Inge wach und versuchte sich vorzustellen, wie das ist, wenn einer durchdreht. Mehr nicht. Nahm sich vor, ein paar Süßigkeiten ins Flüchtlingsheim zu bringen. Mehr nicht. Und jetzt ist ein Wirbelsturm in ihrem Kopf und bringt alles durcheinander.

Heiner

Nett war er, höflich auch, hat sich siebenmal bedankt, dieser Tarek. Und doch. Als er sich verabschiedet hatte, blieb so ein kleines Misstrauen zurück. Heiner weiß nicht, wie er das Inge gegenüber formulieren soll. Sie ist jetzt mit den Jungen am Packen für die Sportwoche, aber demnächst wird sie auftauchen und fragen: »Und?« Das kleine Misstrauen ist nur gerade so groß wie die Brötchen, die noch übrig sind. Heiner beschließt, den Tisch nicht abzuräumen, der Brunch war schließlich Inges Idee. Er legt sich im Wohnzimmer aufs Sofa und faltet die Hände überm Bauch. Seit Tagen versucht er, ein entwischtes Haiku wieder einzufangen, mal sehen, ob es jetzt nicht von sich aus zurückkommt und sich auf ihm niederlässt.

Die Ulme ist nackt
Wann wird ihr grüner Schleier
endlich geliefert

Geht so, mäßig. Die »Ulme« kommt ihm irgendwie verlogen vor. Dass der Baum so heißt, hat er von Nick, vorher hat er sich nie um die Namen von Bäumen gekümmert.

Nick hat kaum gesprochen, vorhin mit Tarek, Josch war gesprächiger, wollte wissen, ob es in Albanien Bären gibt. Tarek verstand überhaupt nicht, worum es ging. Heiner zeichnete einen Bären auf die Serviette, aber der sah aus wie eine Sau. »Ich essen Schwein«, sagte Tarek. Das hat er wohl schon ein paarmal sagen müssen. Es heißt: Ich bin kein Muslim.

Polizist war er also. Wusste zu viel über die Vorgesetzten und ihre Verbindungen zur Mafia. Wurde deshalb für ein halbes Jahr ins Gefängnis geworfen, offiziell wegen Korruption verurteilt. Soll man ihm das glauben? Muss man wohl. Im laufenden Asylverfahren wird der Sachlage noch nachgegangen, hat der Mann von der Flüchtlingshilfe zu Inge gesagt. Inge ist naiv. Aber das ist egal. Besser naiv als durchtrieben. Am ersten März wird er im Kellerzimmer einziehen, dieser Tarek. Was, wenn er sich hier oben breitmacht, in der Küche, im Wohnzimmer, dauernd auf dem Sofa hockt, auf dem er, der Hausherr Heiner, zu liegen und zu denken pflegt. Heiner spürt einen Anflug von Panik. Er muss sich ein Rückzugsgebiet schaffen. Er stellt sich vor, wie er im Schlafzimmer auf der Bettkante sitzt und die Welt hasst. Nein, das Schlafzimmer ist kein Fluchtort. Der Dachboden geht auch nicht, zu umständlich die Treppenleiter, zu klein das Fensterloch. Das Gartenhaus, das ist es! Das lächerliche Ding mit dem Türmchen! Hat zwei Fenster und eine Tür. Der letzte Hausbesitzer hat es mal als Kuriosität gekauft und nie benutzt. Nicht mal Nick und Josch haben darin gespielt. Es steht bloß reichlich blöd da. Der Rasenmäher und ein paar Stühle sind drin, sonst ist es zu gar nichts nütze.

Heiner hat einen Glücksalarm.

Er wird sich ein eigenes Reich schaffen. Einen Arbeitsplatz. Einen Kreativpool. Eine Kommandozentrale.

Wenn Inge das Kellerzimmer räumt, wird er das Gartenhaus räumen. Wird es einrichten mit Tisch und Stuhl und Lampe. Vielleicht einem Öfchen.

Und was wird er dort tun? Vielleicht die alten Taschenuhren reparieren. Vielleicht neue Haikus schreiben.

Geht es jemanden was an? Nein.

Soll er kommen, dieser Tarek.

Josch

Wenn Tarek schon hier wohnen würde, könnte er ihm vielleicht Madames iPhone verkaufen. Vielleicht braucht er Geld und kennt geheime Wege und hat nichts gegen krumme Geschäfte. Nein, wohl eher nicht. Vielleicht wüsste Nick, was mit dem iPhone zu machen wäre, ihm fällt bei Schwierigkeiten immer was ein. Nur schon zu wissen, dass Nick im Zimmer nebenan ist, hilft manchmal. Morgen fahren sie für eine Woche in verschiedene Richtungen. »Tschüss, Joschosch«, wird Nick rufen. Nein, Josch traut sich nicht, ihm etwas vom iPhone zu sagen.

Während er in die Reisetasche stopft, was Inge auf dem Bett bereitgelegt hat, beschließt er, das iPhone nach den Ferien wieder in die Schule zu bringen. Er könnte es zwischen der Mathe- und der Französischstunde auf der Ablage hinter der Wandtafel deponieren, den Timer so eingestellt, dass es mitten im Unterricht bei Madame klingelt. Geht nicht, zu auffällig. Er wird es im Treppenhaus irgendwo hinlegen. Bis dahin lässt er es unterm Bett, da schaut niemand nach – Inge nicht, die denkt ohnehin nur noch ans Kellerzimmer, und Heiner schon gar nicht.

Inge hat ihm den kleinen Bären zu den Socken gelegt, »gegen Heimweh«. Blödsinn. Den packt er bestimmt nicht ein.

Am Abend hängt etwas Dunkles aus der Reisetasche – Herrn Petermanns Schwanz. Josch hebt den schlafenden Kater heraus und steckt den kleinen Bären in die Tasche.

Nick

Jetzt hat er es getan. Nick steht am Fenster und schaut in seinen Baum. Er hat Nora unters rote T-Shirt gefasst. Da war ein BH. Nora griff sich an den Rücken und machte ihn auf. Es war, als ob etwas platzte, dann spürte er ihre Brüste, hielt sie in der Hand, Pflückfrüchte, suchte die Brustwarzen, Gummiknöpfe, Hartgummiknöpfe. Er sah Nora ins Gesicht, sie hatte die Augen geschlossen. Er küsste sie, und das war eine neue Art von Kuss, er rauschte vom Mund in die Glieder.

Nick schaut in seinen Baum und lässt zwischen den

beiden Hauptästen den Film laufen, wieder und wieder, Nora und das rote T-Shirt, Laufzeit sechs Sekunden.

Zum ersten Mal war er bei Nora zu Hause, niemand da, der große Bruder irgendwo unterwegs, die Mutter am Arbeiten, und einen Vater – so erfuhr er – gibt es in diesem Haushalt nicht. Nick hat nur das Wohnzimmer gesehen und gedacht, Inge würde die Nase rümpfen. Große dunkle Möbelstücke, wallende Vorhänge und alles vollgestellt mit Figuren und Vasen und anderem Kleinzeug. Überm Sofa hängt das Gemälde einer Frau mit riesigen Augen und einem Korb voller Trauben. Alles peinlich aufgeräumt und gerade gerückt. Auf dem Tisch so was Rundes aus weißer Spitze oder wie immer man das nennt.

Nora fährt nicht in die Sportwoche, mag oder darf nicht. Wenn er wieder da ist, am nächsten Samstag, wird sie nicht wollen, dass er zu ihr kommt, weil dann Bruder und Mutter zu Hause sind. Er hat gemerkt, dass sie ihn nur reinlassen wird, wenn sie allein ist. Also erst wieder in einer Ewigkeit.

Nick hört Kinder rufen, sieht, wie ein Junge und ein Mädchen herbeirennen, der Junge zieht etwas hinter sich her, eine kleine Leiter. Jetzt machen sie sich am Stamm der Ulme zu schaffen, das Mädchen lehnt die Leiter an, der Junge wickelt ein Seil auseinander. Wer zum Teufel sind diese Kinder? Kolbrat lebt doch alleine in seinem Haus. Vielleicht sind es Enkel aus Australien. Oder er hat sich wie Inge im Flüchtlingsheim Asylanten geholt, aber das passt eher nicht zum mürrischen Kolbrat-Arsch. Jetzt ist der Junge die Leiter hochgeklettert und schwingt sich hinauf in die Astgabel, dahin, wo soeben der Film mit Nora abgelaufen ist. Nick will gerade das Fenster aufreißen und »Runter da!« schreien, da fällt ihn ein, dass er dazu gar nicht berechtigt ist, sein Baum gehört Kolbrat, der kann damit machen, was er will, ihn zum Beispiel umhauen. Es ist furchtbar, dass Bäume jemandem gehören. Die Kinder ziehen einen orangeroten Plastikschlitten in die Astgabel hoch und versuchen ihn da festzubinden. Es schaut aus, als würden sie die Ulme quälen. Nick reißt das Fenster auf und schmettert es wieder zu, die Kinder blicken kurz auf, blöde Gören.

In der Sportwoche sind Handys unerwünscht. Er wird Papier und Umschlag mitnehmen und Nora einen Brief schicken. Am Sechzehnten hat sie Geburtstag. Nora Valle, Flurgartenstraße 8. Erdgeschoss. Wohnzimmer. BH. Busenmitte. Express.

Es ist Heiner, der zum Bahnhof fährt, erst mit Josch, dann mit Nick. »Brauchst du ein paar Ratschläge?«, fragt Heiner. »Nein. Schön essen, schön Danke sagen, schön helfen, schön aufpassen.« Heiner lacht. Nick fühlt sich gut. Mit Heiner wird es nie peinlich.

Heiner

Es ist still zu Hause. Nick und Josch haben Sportwoche, Inge ist fast jeden Abend weg, bei Sitzungen oder irgendwelchen Vorträgen: »Ängste im Asylbereich« oder »Willkommen, aber richtig«. Stets geht es um Flüchtlinge. Inge hat ihn nie gebeten mitzukommen. Es wird immer klarer: Tarek ist ihr Projekt, ist ihr Bühnenstück, die drei anderen Drehers sind Statisten. Vorläufig. Heiner genießt die Stille. Er sitzt in seinem Sessel, den hat er sich gekauft, als er noch ledig war. Er ist zerschlissen, aber es ist *sein* Sessel, für ihn reserviert. Was ist eigentlich sonst noch für ihn reserviert in diesem Haushalt? Egal. Er schließt die Augen und versucht sich ins Nichts zu denken, aber umgehend schiebt sich die Mäkle in den Weg, er wird sie nicht los. Sie macht ihre Arbeit recht, außer ab und zu ein paar Schreibfehlern gibt es nichts, was ihr vorzuwerfen wäre. Es geht ja nicht, dass er sagt: Frau Mäkle, hören Sie auf auszusehen. Stoppen Sie Ihren lauten Atem. Legen Sie sich eine neue Stimme zu. Und einen neuen Blick. Und einen neuen Gang. Und einen neuen Geruch. Wehe, Sie räuspern sich wieder. Ich muss Ihnen sonst kündigen. Er kann ihr nicht kündigen. Er ist ein korrekter Beamter und kein rücksichtsloser Unternehmer. Seinen Schreibtisch, seine Arbeit, sein Wandbild, seine Mäkle hat er vom Staat. Sie müsste kriminell werden, ihn bestehlen oder den Lehrling vergewaltigen. Dann könnte er sie zum Teufel jagen. Aber die Mäkle tut nichts Falsches.

»Kannst du mir helfen?« Inges Stimme für Sonderfälle. Kannst du mir helfen heißt: Sofort hierher! Die Stimme kommt von draußen. Heiner schaut aus dem Fenster, sieht Inge im Vorgarten auf dem alten Fernsehapparat sitzen. Wie hat sie den allein aus dem Kellerzimmer ins Freie gewuchtet? Heiner sucht unterm Tisch seine Schlappen, nimmt das Glas und leert den Rest Rotwein im Spülbecken aus. Inge soll nicht sehen, dass er schon vor dem Essen getrunken hat.

Der Fernseher sei zu alt für Tarek, sagt Inge, den könne man ihm nicht zumuten. Er hat mal Heiners Mutter gehört, und er funktioniert noch, Heiner hat ihn kürzlich getestet. »Welches Alter darf ein Fernseher haben, um für einen Flüchtling zumutbar zu sein?«, fragt er. »Sei nicht so bissig«, sagt Inge, »hilf mir lieber.« Sie schaut erschöpft aus. Selber schuld. Es ist sie allein, die diesen Tarek ins Haus holt. Wohltäterätätä, schaut alle her, ich habe einen Asylanten ins Haus geholt. »Ist ein neuer Fernseher ein Menschenrecht?«, fragt Heiner. »Und was machen wir jetzt mit dem alten?« »Morgen ist Sperrmülltag. Wir brauchen die Kiste nur an die Straße zu stellen. Von hier bis dort, zehn Meter. Wenn du bitte so freundlich wärst.« Inge schäumt, Heiner merkt es wohl, auch wenn sie den Schaum nicht rauslässt. Ihr Mund schaut aus wie zugenäht.

Er hat Bratkartoffeln gemacht, aber Inge will erst mal nur eine Dusche und dann Wein. Das Kellerzimmer sei geräumt und der Sperrmüll am Straßenrand, der Wagen komme morgens um sieben, »und dann ist der ganze Haufen weg«. Was für ein Haufen, denkt Heiner, sucht wieder seine Schlappen und geht mit der Taschenlampe hinaus ins Dunkel.

Inge

Ist das eine Amsel? So früh im Jahr? Heiner schläft noch, er sagt etwas im Schlaf, hört sich an, als ob er sich aufregt. Die Mäkle verfolgt ihn bis ins Bett, denkt Inge, ich würde sie gern mit Besen und Geschrei verjagen. Sie rollt vorsichtig über die Bettkante und geht dann leise zum Fenster. Es dämmert. Keine Amsel mehr. Wie still das Haus ist, wenn Nick und Josch nicht da sind. Atmeten sie jetzt hier in ihren Betten, wäre es genauso still. Aber, denkt Inge, es gibt gefüllte Stille und nicht gefüllte, das ist wie bei Pfannkuchen. Morgen kommen sie heim, ihre zwei wunderschönen, kostbaren, hauseigenen Atmer.

Inge holt draußen die Zeitung und sieht aus dem Augenwinkel, dass der Sperrmüllhaufen kleiner ist als gestern Abend. Jemand muss da einiges mitgenommen haben, die ganzen Holzsachen sind weg, Ömes kleine Möbel, Nachttisch, Nähtisch, Vitrinen, ein Hocker, wurmstichiges Zeug. Wer holt sich denn so was ins Haus? Vielleicht hätte sie Öme erst fragen sollen, ihr ein paar Bilder aufs Handy schicken, bevor sie das alles auf die Straße stellte.

Aber warum sollte Öme noch wollen, was seit Jahren im Kellerzimmer aufeinandergestapelt vor sich hin staubte. Nein, weg ist weg. Endlich.

Heiner schaut in die Zeitung, lächelt. »Ist was?« »Nein, nichts ist, warum?« »Du lächelst.« »Entschuldigung.« Sie trinken ihren Kaffee in koordiniertem Schweigen. Inge hat Lust, mit den Tassen anzustoßen, aber ihr fällt nichts Richtiges ein, das sie feiern könnten.

»Heiner, wollen wir am Abend mal ausgehen?« »Warum?« »Weil die Kinder heute noch weg sind.« »Wir können doch auch ausgehen, wenn die Kinder da sind.« »Wenn du nicht willst, dann eben nicht.« »Ich will gar nicht nicht.« Heiner kann in homöopathischen Dosen nerven, sie weiß es, aber hat sich immer noch nicht daran gewöhnt.

Nach der Dusche stellt sie sich vor den großen Spiegel. Waren ihre Brüste immer so hängend? Und ihre Füße immer so knochig? Sie ist doch noch gar nicht alt, Himmel noch mal. Grad mal zehn Jahre älter als Tarek. Ihr Sohn könnte er nicht sein.

Kinder auszutragen in diesem bleichen Bauch über dem dunkelblonden Schamhaar – damit ist es vorbei. Manchmal denkt sie, noch ein Kind wäre schön. Heiner findet, sie haben genug Familie. Aber das kann nicht der Grund sein, warum er sie seltener anfasst. Das muss an etwas anderem liegen, etwa daran, dass er mit sich unzufrieden ist, nicht gern zur Arbeit geht, an der Mäkle leidet, seine Talente verschwendet, ein ereignisloses Leben vor sich hat, noch für so viele Jahre. Sein Problem, nicht meins, denkt Inge, nimmt ein Wattestäbchen und rubbelt sich den Bauchnabel sauber. Mir kann er jedenfalls nichts vorwerfen.

März

Heiner

Was er nachts von Inges Sperrmüllberg geholt hat, sind lauter Dinge, mit denen er aufgewachsen ist. Der Bauernhocker stand bei Öme in der Küche, meistens mit einem Korb voller Früchte oder Nüsse darauf, er kann sich nicht erinnern, dass da jemand mal Platz genommen hätte. Auch der sogenannte Nähtisch war nur zur Dekoration da. Der Nachttisch hingegen wurde gebraucht, im Elternschlafzimmer, es gab noch einen zweiten. Heiner öffnet das Türchen und schnuppert. Er weiß nicht, ob das nach Vater oder Mutter riecht. Damals hatte jedes Tischchen seinen eigenen Geruch. Bei Vater roch es nach dem Katzenfell, das gegen Hexenschuss gut sein sollte, in Mutters Tischchen roch es leicht nach Jod. Einmal hatte er darin einen Stapel von dicken weißen Stoffstücken gesehen. Es mussten Menstruationsbinden gewesen sein. Dass seine Mutter, jetzt Dame in einer Alterswohnung, Blutungen und hormonelle Zyklen und Sex zwischen zwei Nachttischchen hatte, das mochte er sich damals nie so richtig vorstellen. Die beiden Vitrinen, die Inge hat entsorgen wollen, waren mal vollgestellt mit Gläschen und Tässchen und mit Schnick und Schnack aus Spanien, Griechenland und Norwegen. Waren sie sonst noch irgendwo zusammen im Ausland gewesen, Vater, Mutter und Sohn? Heiner hat mit den Möbeln nicht nur wurmstichiges Holz, sondern auch brüchige Erinnerungen gerettet. Er wird sie auffrischen, während er die Möbel restauriert. Das wird das Hobby sein, das er sich zulegt, um sich zurückzuziehen, wenn Asylant Tarek das Haus erobert.

Wachskitt, Holzkitt, Holzleim, Schellack und ein Spray namens »Grauweg« muss er kaufen, er hat sich im Internet kundig gemacht und freut sich schon auf die neuen Gerüche. Auch will er im Gartenhaus eine gute Arbeitslampe installieren. Vielleicht muss er dazu den Elektriker kommen lassen. Und dann braucht er eine große Plane oder so eine Gartentruhe, um zu verstauen, was jetzt noch im Gartenhaus steht. Schade, dass er nicht schon dieses Wochenende damit anfangen kann. Aber am Sonntag müssen die Jungen abgeholt und mit Familienpaste neu eingestrichen werden. Inge weint schon fast vor Vorrührung.

Ob er mitkomme zum Baumarkt, fragt Inge. Sie will fürs Kellerzimmer eine Vorhangstange kaufen. Eigentlich mag er nichts zu tun haben mit Inges Einrichterei, aber dann sagt er doch ja, weil er sich bei den Werkzeugen schon mal nach einer Holzfeile umsehen kann. Sie sind bereits in den Mänteln, als das Telefon klingelt. Inge nimmt ab, ruft »Nein!« und »Wo?« und »Sofort!«, hängt auf und bricht in Weinen aus. Nick ist gestürzt, bei der letzten Abfahrt ins Tal, wieder bei Bewusstsein, keine Sorge, nur Knochenbrüche, sagt der Lehrer, rufen Sie an, Kantonsspital Chur.

Auf der Fahrt nach Chur spricht Inge kein Wort. Sie seufzt nur laut, sobald der Verkehr stockt. Irgendwo bei Ziegelbrücke fliegt Heiner ein Stück Haiku zu.

Flügelschlag der Angst
dieses trockene Geräusch

Der Rest kommt auf dem Parkplatz vor dem Spital:

im fallenden Schnee

Josch

Er hat sich vorgestellt, wie Inge auf dem Bahnsteig freudig rufend auf ihn zueilt und wie die anderen Sprüche machen: Joschilein, dein Mamilein! Aber da ist keine Inge, niemand, der freudig ruft. Erst ist er enttäuscht, dann sauer. Er wartet zehn Minuten, bis er beschließt, Sack und Skier zum Bus zu schleppen. Man hat ihn vergessen, und das ist kein gutes Gefühl. Die geräucherten Würstchen, die er als Geschenk mitgebracht hat, wird er alleine fressen. Und erzählen wird er nichts. Die können sich krumm fragen.

Inge wird wohl ihren Asylanten umwuseln. Und Heiner wird pennen vorm Fernseher. Ooch, das war ein Missverständnis. Aach, das tut uns leid. Ihr Ooch und ihr Aach können sie sich aufs Brot schmieren. Er hat Hunger, und die Schuhe tun weh, und er will endlich pissen.

Die Haustür ist abgeschlossen, auch das noch. Josch holt wütend den Schlüssel aus dem Versteck, schmettert die Skier in den Flur, und jetzt sieht er den Zettel: Lieber Josch. Wir haben dich nicht erreicht. Nick ist im Spital. Bitte ruf uns an!

Spital ist Horror. Noch nie war jemand von ihnen im Spital. Nicht mal Öme. Spital kann heißen, dass man stirbt. Petermann kommt laut maunzend die Treppe runter. Keine Zeit zum Streicheln, Nummer suchen, Heiners Nummer. Hallo.

Es ist, als hätte man seinen Kopf in einen Topf voll heißer Wut und dann in einen Topf voll kalter Angst getaucht. Er schlottert. Vom letzten Tag auf der Piste hat er den Sonnenbrand. Heiner wird anrufen, wenn er mehr weiß. Josch solle die Daumen drücken. Solle sich was kochen. Solle Herrn Petermann füttern. Solle zu Hause bleiben. Ja, ja, ja. Josch wird alles tun. Wenn's nur mit Nick wieder gut wird. Wie's denn gewesen sei im Ferienlager, will Heiner wissen. Schon okay. Josch nimmt an, dass Heiner nur aus Freundlichkeit gefragt hat. Joschs Lager ist ihm egal. Nur Nick ist wichtig. Sonst hätte Heiners Stimme nicht so gezittert.

Es ist drei Uhr nachmittags. Josch kriecht ins Bett. Er ist wütend, dass er auf niemanden wütend sein kann. Sie haben ihn nicht anrufen können, weil die Scheißsportwochenleitung Handys verboten hat. Damit man nicht surfe, sondern Scheißspiele mache im Scheißaufenthaltsraum. Und Scheißtänze unter Scheißgelächter. Alle Mädchen waren größer als Josch. Übermorgen fängt die Schule wieder an. Wär schön, wenn er krank würde. Sein Kopf ist ganz heiß. Das Handy von Madame fällt ihm ein. Er krabbelt wieder aus dem Bett und schaut nach. Ja, es ist noch da. Ob Nick auch schon mal was geklaut hat? Was, wenn Nick stirbt? Wenn seine Zimmertür für immer zu bleibt. Sein Platz am Tisch für immer leer. Inge wird auf Nicks Schreibtisch einen Altar errichten. Heiner wird verstummen. Er, Josch, wird die Kleider übernehmen müssen von jemandem, der tot ist. Und niemand wird mehr da sein, der sagt, Tschüss, Joschosch. Jetzt kommt das Weinen. Josch spürt, wie es sich anschleicht vom Hals her. Und jetzt klingelt es an der Tür. Er wird nicht aufmachen. Und jetzt ruft jemand von unten. Josch, bist du da? Es ist Öme, Öme hat einen Schlüssel. Es wird wohl Heiner gewesen sein, der sie hergeschickt hat. Hastig schiebt Josch Madames Handy unters Bett und rennt die Treppe runter. Öme fängt ihn auf wie früher, als er noch klein war wie jetzt. Öme ist ein weicher Sack voller Trost.

Heiner

Er liegt und starrt an die Decke. Wenn das Licht an ist, sieht die Deckenlampe aus wie ein paar aneinandergeschweißte bernsteingelbe Urinflaschen. Er hat sie gleich wieder ausgemacht, als sie das Hotelzimmer betraten. Da war es elf Uhr nachts, und Inge fiel noch angezogen aufs Bett. Morgen werden sie Nicks Transport organisieren, per Krankenwagen von Chur nach Zürich ins Universitätsspital. Nicks Lächeln war anders als sonst, so als denke er: Ist ja nett, dass ihr meine Eltern seid, aber wer seid ihr eigentlich. Es wirkte wohl anders, weil die steife Stütze um seinen Hals die Gesichtshaut hochstemmte. Trotzdem, es war unheimlich. Heiner kann nicht schlafen. Er hat in der Cafeteria einen Kaffee nach dem andern geholt. Die Abklärungen dauerten Stunden. Hirnerschütterung, rechts einfacher Beinbruch, links komplizierter Handgelenkbruch, zwei Rippen gebrochen, Ohr angerissen. Jemand in einem violetten Anzug habe Nick umgefahren und sei abgehauen, sagte der Sportwochenleiter, der Nick ins Spital begleitete. Die Pistenwache versuche, den Schuldigen zu erwischen. Heiner stellt sich vor, wie er den Violetten so lange verprügelt, bis auch dessen Gesicht violett ist. »Was ist«, sagt Inge. Er hat in ihre Bettdecke geboxt. »Schlaf«, sagt sie, »morgen ist Stress.« Dann sagt sie noch: »Ich muss Tarek absagen.« Der scheint sie im ganzen Unglück am meisten zu beschäftigen, Tarek, der Asylantenmann. Heiner hat Lust, auch den zu verprügeln. Er hört noch die ersten Geräusche des Morgens – scheppernde Lieferwagen –, dann schläft er ein.

Nun ist alles geregelt. Nick liegt im Universitätsspital. Inge besucht ihn morgens, Heiner besucht ihn abends. Öme kommt jeden Tag zum Kochen, Josch geht knurrend wieder zur Schule, und der Asylant muss warten. Statt am ersten März soll er am fünfzehnten einziehen. Und Heiner weiß endlich, wie er die Mäkle loswird. Was er vorhat, ist strafbar, aber genial.

Josch

Alles hat geklappt, er hat das iPhone unbemerkt auf ein Regal neben der Rektoratstür legen können. Jetzt sieht er es wieder auf Madames Pult liegen. Sie spricht nicht mehr davon. »Habt ihr eigentlich eine Ahnung, wer Madames Ding hat verschwinden lassen?«, fragt Josch in der Zehnuhrpause. »Keine Ahnung«, sagt Rolf. Und Erik sagt »Pöttettr Madame ellmemm.« Sein Französisch klingt wie richtig.

Josch traut sich auch jetzt nicht, Nick etwas davon zu sagen. Es ist nicht nur, weil er sich schämt. Es ist auch, weil Nick so ernst in seinem Spitalbett liegt. Er schaut aus, als drücke ihn ein unsichtbares Gewicht in die Matratze. Josch hat ihm eine Tüte Malteser und eine Tüte Cola-Bärchen mitgebracht. Danke, sagte Nick und ließ die Tüten ungeöffnet auf der Bettdecke liegen. Später räumte sie die Pflegerin in Nicks Nachttischschublade. Zum ersten Mal weiß Josch nicht, was er mit Nick reden soll. Zwar fragt Nick, wie Joschs Sportwoche denn gewesen sei. »Es geht«, sagt Josch, aber so richtig erzählen mag er nicht, weiß nicht, ob Nick das von den doofen Spiel- und Tanzabenden überhaupt hören möchte. Als er aufsteht und sagt: »Ich geh dann jetzt«, sagt Nick, »okay«, und auf dem Weg vom Bett zur Tür wartet Josch gespannt auf Nicks »Tschüss, Joschosch«. Aber es kommt nicht.

Nick

Die Pflegerin will wissen, wo es wehtue, ob es das Ohr sei. Er nickt. Aber das Ohr tut gar nicht weh. Augen offen oder Augen zu, die Tränen laufen. Sie laufen, wenn Josch aus dem Zimmer geht, wenn die Taube auf dem Fenstersims landet, wenn der Putzmann »Ciao caro« sagt, wenn er sich den schlafenden Heiner auf dem Sofa vorstellt, wenn er sich an die Stille unterm Schneeflockenhimmel erinnert. Die Tränen laufen einfach, er hat ein Leck. Manchmal laufen sie statt übers Gesicht in den Kopf hinein. Das nennt man wohl Traurigkeit.

Inge kommt, sieht sein nasses Gesicht, sagt ach Nickitick, was ist denn. Er weiß nicht, was ist.

Inge bringt immer was mit, Chips, Comics, einen Pfotenabdruck von Herrn Petermann. Sie hantiert, räumt sein Tischchen auf, prüft das Mittagessen, zupft eine Serviette auseinander. Reg- und lautlos wartet die Traurigkeit hinter den Lidern, bis Inge wieder gegangen ist. Dort bleibt sie auch während der Arztvisite. Tut was weh? Nein, nichts tut weh.

Und kaum lässt die Pflegerin gegen die Nachmittagssonne den Rollladen ein Stück runter, bringt das bisschen Dunkel die Tränen wieder zum Laufen.

Ich bin anders geworden, denkt Nick.

Drei Wochen wird er im Spital bleiben, haben sie gesagt. Danach muss er den linken Arm noch eingeschient lassen. Kein Tennis, keine Gitarre, Schule ja, das wird gehen. Jetzt hat er schon eine Woche gefehlt. Der Klassenlehrer schickt jeden Tag jemanden vorbei mit Blättern, die Nick lesen soll. Nick ist zu müde zum Lesen. Das Weinen macht müde. Inge macht müde. Heiner macht müde. Das viele Auf und Zu der Tür, das viele Wie-geht's und Wird-schon macht müde. Nick sehnt sich nach seinem Zimmer, nach Josch, auch wenn er nervt, und nach Herrn Petermann, auch wenn er haart, und nach der Ulme vorm Fenster, auch wenn sie noch kahl ist.

Er schließt die Augen und denkt sich den grünen Tunnel herbei, durch den er in den Halbschlaf kriecht.

»Hallo.«

Das ist Nora! Ist es Nora? Augen auf: Sie ist es. Steht an seinem Bett und schaut ihn an, als wär er was Lustiges.

Küsst ihn auf den Mund, blitzschnell, Zwischenlandung eines Schmetterlings.

»Ich schwänze die Turnstunde, Verstauchung«, sagt sie. Stupst ihren dick eingebundenen Mittelfinger an seine Nase. »Echt?«, sagt Nick. Nora lacht und wickelt den Verband ab. »Nein, falsch.« Sie sagt, das sei ein schönes Zimmer und das Spital sei geil, Superbilder im Korridor und zwei schwarze Krankenbrüder. »Du meinst Pfleger«, sagt Nick. Sie meine, sagt Nora, in so einer Bude würde sie auch gerne liegen und nichts tun und sich das Essen von den Schwarzen in den Mund schieben lassen. Kaum hat sie es gesagt, geht auch schon die Tür auf, und das Mittagessen wird hereingefahren, das heißt: Es ist elf Uhr dreißig, und um zwölf wird Inge kommen, daran lässt sich nichts ändern. Nora hebt den Deckel vom Teller und schnuppert. Rosenkohl, Teigwaren und darauf etwas Braunes mit Sauce. »Kannst alles haben«, sagt Nick. »Ich will zuschauen, wie du kaust und schluckst.«

Nora isst. Sie isst still und schön, mit geschlossenem Mund. Nick stellt sich vor, wie ihre starken schneeweißen Zähne das grauslige Zeug vom Teller zu einer Paste zermahlen, so fein wie für Astronauten. Plötzlich wird sie abheben und durch die lindengrüne Zimmerdecke stoßen, hinauszischen ins All und taghell aufleuchten. Supernova-Nora. »Lachst du?«, fragt sie. »Nein«, sagt Nick. Jetzt küsst sie ihn richtig, und das schmeckt nach Rosenkohl. »Kannst du den Pudding bitte auch noch essen?«, sagt Nick. Nora macht's. Der nächste Kuss schmeckt nach Vanille. Die Tür geht auf, jemand kommt herein, ein Blumenstrauß verdeckt das Gesicht, Inge! »Ach, Besuch?«, sagt sie. Ihre Stimme klingt überaus herzlich, der Blick ist so prüfend, wie wenn sie die Geschirrspülmaschine ausräumt. Sie streckt Nick den Strauß entgegen. Ein bisschen Frühling könne nicht schaden, habe sie gedacht. Es sei Zeit, Schnee und Piste zu vergessen. »Schön, nicht? Tulpen!« Nick weiß sehr wohl, was Tulpen sind. Das sagt er nicht, er dankt. Nora braucht er nicht vorzustellen, Inge fragt bereits drauflos, und Nick staunt. Er erfährt, dass Nora ein Jahr älter ist als er, dass die Eltern ihres Vaters aus Rumänien kommen, dass sie noch nie auf Skiern gestanden hat, dass das Piercing ein Geschenk ihres großen Bruders ist. »Schön, dass du alles aufgegessen hast«, sagt Inge. »Langsam wirst du wieder der Alte.«

Inge

Nick macht ihr Angst. Es ist eine diffuse Angst, sie behält sie für sich, sagt Heiner nichts davon. Kann es sein, dass der Sturz bei Nick etwas ausgelöst hat, das die Ärzte übersehen haben, einen Schock, ein Trauma? Ist das Hirn mehr als nur erschüttert worden? Irgendeinen fassbaren Grund für sein ständiges Weinen muss es doch geben. Er weint dann, wenn er meint, sie sehe es nicht. Sie geht zur

Toilette, und wenn sie zurück ans Bett kommt, wischt er sich mit der unverbundenen Hand übers Gesicht. Oder sie taucht wieder auf, um den vergessenen Schirm zu holen, und er hat nasse Wangen. Das ist nicht mehr ihr gelassener Großer, der mit einem Lächeln über Schwierigkeiten hinwegging.

Sie bringt alles perfekt unter einen Hut, die Spitalbesuche zwischen den Unterrichtsstunden, das Einkaufen und Aufräumen, das Korrigieren der Hefte, das abendliche Kochen und Abhören von Heiners Frustrationen. Aber Nicks Traurigkeit bringt sie nicht unter den Hut. Und dann sind da neuerdings diese Schwierigkeiten mit Josch, er gibt oft nur mürrisch oder gar nicht Antwort, will nicht sagen, wo er gewesen ist, zieht nicht die sauberen Kleider an, dic sie ihm hinlegt, hängt dauernd am Telefon mit Pietro, der von der Schule geflogen ist. Heiner ist keine Hilfe, Heiner ist selber seltsam, er brütet irgendwas aus, und wann hat er sie eigentlich zum letzten Mal umarmt? Ihren Geburtstag hat er nicht vergessen, immerhin.

Gestern hat sie nach dem Abendessen alles stehen lassen, hat den Plastikponcho über ihre Winterjacke gezogen und ist in den strömenden Regen hinausgegangen. Die Lichter in den Häusern flackerten hinter dem Tropfenvorhang, die Autoscheinwerfer pflügten sich durchs Dunkel, Inge kickte Schritt für Schritt ihr Unbehagen von sich weg. Sie nahm an, dass es ihr guttat. Nach einer

Stunde war sie wieder zu Hause, Heiner und Josch hatten ihr Weggehen nicht mal bemerkt.

Schade, dass Tarek nicht schon hier wohnt.

Tarek hat nicht viel gesagt, als sie ihm erklärte, warum er am ersten März nicht bei ihr einziehen könne. »I help?«, fragte er. Nein, help gehe nicht, sie müsse das Zimmer selber einrichten, sagte sie, auch noch einiges kaufen, und der Elektriker müsse noch vorbeikommen. Wahrscheinlich verstand er sie nicht, verstand nur »warten« und »später«. Sie saßen in der Küche des Flüchtlingsheims. Tareks Augen glänzten, als hätte er Fieber, und er wich ihrem Blick nicht mehr aus wie am Anfang. Er schaute ihr mitten ins Gesicht. »Sie wissen, Frau Inge, ich Stress.«

Sie hätte ihn gern umarmt.

Nick findet die Farbe der Tulpen nicht so schön. Wie es ihm denn besser gefiele, fragt Inge. Bisschen weniger brunzgelb. Nein, er hat nicht Lust auf was Bestimmtes. Ob er denn zum Frühstück was gegessen habe. Jaja. Was denn. Weiß nicht mehr. Ob diese Nora wieder da gewesen sei. »Diese Nora«, sagt Nick, »warum ›diese‹? Kennst du noch eine andere?« Inge merkt, dass sie nicht weiterfragen darf. Sie setzt sich und nimmt das Gratisblatt aus der Tasche. »Lies was vor«, sagt Nick. Seit Langem ein Satz, der wohltut. Inge seufzt so laut, dass Nick den Kopf zu ihr hindreht.

»Auf der Flucht vor der Polizei hat gestern im ostdeutschen Bundesland Brandenburg ein Mann zwei Polizisten überfahren und getötet …« Inge liest mechanisch, denkt an anderes. »Reshani, Rishu oder Ruwani – das sind die drei Namen, die der Zoo Zürich für das Elefantenbaby vorschlägt …« Inge liest und denkt an Tarek. »Bizarre Szenen an der Tramhaltestelle Beckenhof: Zwei Personen auf der Sitzbank zogen sich eine große Linie Koks rein …« Inge liest und stellt sich vor, wie es wäre, wenn Tarek sie küsste. »Am Montagabend ist im Tessin ein afrikanischer Flüchtling durch einen Stromschlag gestorben. Er wollte wahrscheinlich auf dem Dach eines Zuges von Italien in die Schweiz einreisen.«

Nick hat die Augen zu, Schlaf hat sich übers Gesicht gelegt. Inge sieht immer sofort, ob Nick schläft oder nur so tut. Seit er little sweet Nicki war, hat sich sein Schlafgesicht nicht mehr verändert, hat dieses friedliche, leicht dümmliche innere Lächeln und den schönen Samt auf den Lidern. Die Schmerzen und das Weinen der letzten zwei Wochen haben nichts daran geändert.

Heiner

Den ersten anonymen Brief an sich selbst hat er bereits entworfen. Die Mäkle verwendet für Internes ein graugrünes Umweltschutzpapier, solche Blätter wird er sich beschaffen und den Brief darauf ausdrucken. Den Jargon eines anonymen Schreibens hat er ganz gut hingekriegt. Er hat auch zwei Abkürzungen eingebaut:

Wenn man Ihnen sagt, Sie sollen das gef. lassen, lachen Sie noch dreckig.

Anfassen am Po und drgl. hat Ihnen schon immer gefallen.

Zehn bis zwölf solch graugrüner Briefe will er fabrizieren und dann alle aufs Mal dem Chef vorlegen: »Herr Waldemann, ich denke, ich muss Sie informieren. Die ersten Briefe habe ich leider weggeworfen. Das geht jetzt seit November so. Langsam wird es belastend.«

Bis Ende April will er die Briefe schaffen. Er wird darin beschuldigt werden als richtig fieser Belästiger, als übler Betatscher, als Kerl, der sich so nah an die sitzende Mäkle stellt, dass ihr Ellbogen von seinem jeansverpackten Geschlechtsteil berührt wird, als Macho, der verbal immer wieder kleine Schweinereien platziert. Es wird ihm schon einiges einfallen. Er kann sich in der Bibliothek unter »Belästigung am Arbeitsplatz« passende Beispiele heraussuchen.

Das gibt zu tun, wenn es glaubhaft wirken soll.

So wird er die Mäkle los.

Nick ist wieder zu Hause! Josch hat ein Plakat gemalt: Willkommen alter Blödmann! Inge hat unverschämt teures Sushi aufgetischt und frische Himbeeren, mitten im März, und Heiner hat rechtzeitig das neue Bücherregal in Nicks Zimmer montiert. Nick hat ihm mit einer Umarmung gedankt, und da haben sie gemerkt, dass sie jetzt gleich groß sind. Nick ist ein junger Baum und schwankt ein bisschen. Ist auch ganz schön durchgeschüttelt worden.

Winterwind. Jungbaum
Mach jetzt deine Krone grün
Vögel warten nicht

Heiner möchte lieber Haikus schreiben als diese anonymen Briefe an sich selbst. Aber es ist Zeit, dass er sein Leben in die Hand nimmt.

Es irritiert ihn, mit welcher Hingabe Inge sich in die Vorbereitungen für den Asylanten stürzt. Zwar tut sie so, als sei das nicht der Rede wert, als wische sie bloß ein bisschen hergewehten Zufall zu einem Häufchen. Aber Heiner sieht ihr an, was sie denkt: Was ich wollte, wird wahr. Es kommt ein neuer Mensch ins Haus. Und der Mensch ist ein Mann.

Gestern ist für das Kellerzimmer ein Teppich geliefert worden. Der Elektriker war da wegen Fernseher und Kochplatte. Der Vorhang ist neu, weiß-hellgelb gestreift. Auf dem Bett liegt neue Bettwäsche, dunkelgrau. Im Schrank hängt ein grauer Bademantel, den Heiner noch nie gesehen hat. Und in der Dusche steht ein Ralph-Lauren-Body-Gel. »Hast du eigentlich die ganzen Ausgaben für das Kellerzimmer mal aufgeschrieben?«, fragt Heiner. Inge antwortet mit einem vernichtenden Blick: Was bist du nur für ein kleinlicher, pingeliger, geiziger Spießer geworden. »Ich meine«, sagt Heiner, »braucht der Mann so ein Edel-Gel zum Duschen?« Noch mal dieser vernichtende Blick. »Ich meine«, sagt Heiner, »so was würde auch Nick Freude machen.« »Dann kauf es ihm doch.«

Mein Herr, wenn Sie meinen, dass in einem großen Betrieb wie diesem ihre Übergriffe nicht auffallen, dann legen Sie falsch … Gestern haben Sie im Lift schon wieder jemandem in den Schritt gelangt. Glauben Sie etwa, das gefalle den Frauen? So unwiederstehlich sind Sie nun auch wieder nicht. Wenn die Direktion dergl. erfährt, wird sie sich wundern.

Nicht schlecht. Drei Fehler, nicht zu plump.

Nick

Dass Josch sich so über sein Heimkommen freut, hätte Nick nicht gedacht. Sagt, er wolle ihm helfen beim Haarewaschen, Haaretrocknen, Schuhebinden. Und er hat Nicks Stundenplan kopiert. Am Morgen fahren sie jetzt zusammen zur Schule, auch wenn das für Joschs Unterricht noch zu früh ist und er eine Stunde im Schulhof warten muss. Nach der Schule steht er auch wieder wartend dort, trägt dann Nicks Tasche und boxt ihm im Bus einen Sitz frei. An freien Nachmittagen kommt auch Nora mit. Josch schließt jeweils Nicks Zimmertür hinter den beiden wie ein Concierge, der dafür sorgt, dass die Gäste nicht gestört werden. Wenn Inge die Treppe hochsteigt und einen Ballen Mütterlichkeit anschleppt, schickt er sie weg. »Nick hat Besuch«, sagt der Concierge.

Nick hat gleich gemerkt, dass Josch Nora mag und dass ihn das verlegen macht. Josch überspielt es mit Späßen, die oft daneben sind. Aber Nick kann sie ihm nicht übel nehmen.

»Bleib doch zum Abendessen«, sagt Inge zu Nora mit ausgestanzter Freundlichkeit. Es gebe nur etwas Einfaches, sie sei eben recht beschäftigt, weil demnächst ein Flüchtling hier einziehe. Nick wäre es lieber, Nora würde nicht bleiben, aber Nora scheint sich nicht zu stören an Inges verständnisvollem Gehabe. Andere Leute haben eben andere Vorlieben, sagt Inges Miene. Stützen beim Essen gerne Ellbogen auf, holen mit dem kleinen Fingernagel gerne Essensreste zwischen den Zähnen hervor, rühren gerne mit der Gabel im Glas, essen gerne das Gemüse nicht auf, reden gerne dazwischen, gehen gerne ungern zur Schule, lachen gerne extra laut, sagen gerne »geil« und tragen gerne Piercings.

»Wann kommt eigentlich der Floh?«, fragt Josch am Tisch. »Ich meine, der Geflohene.« Das wolle sie nicht mehr hören, sagt Inge, worauf Josch erwidert, sie habe doch gewünscht, man solle nicht Asylant sagen, Asylant klinge nach Schimpfwort. Nora lacht in sich hinein. »Floh ist eigentlich nett«, meint Heiner. »Besser als Laus«, sagt Nora. »Also, wann kommt der Floh nun angehüpft?«, sagt Nick. »Wenn ihr Tarek meint«, sagt Inge spitz, »der kommt am Dienstag, Frühlingsanfang.«

Der Floh ist ihr extrem wichtig, denkt Nick. Wegen meines Unfalls hat sich sein Einzug verschoben, das heißt, ich war ihr für die letzten paar Wochen lästig. Nick erschrickt ein bisschen. Es ist ein neues Gefühl, sich nicht zweihundertprozentig geliebt zu wissen. Er schaut sich Inge an und sieht plötzlich eine Person, die nicht nur aus Mutter besteht. Diesen fragenden, suchenden Ausdruck – hat sie den schon immer gehabt? Und wenn sie ein Lachen überkommt, hat sie es schon immer kurz vor dem letzten Gluckser abgeschnitten? Und hat sie schon immer in alle Spiegel geschaut, in den über der Kommode, in den beim Eingang und in die spiegelnde Backofentür? Da steht sie dann, bewegungslos für einen langen Moment.

Ja und, soll sie doch. Vielleicht ist sie noch die Gleiche, nur ich bin anders geworden.

Inge

Frühlingsanfang, bedeckter Himmel, mäßig warm, Inge hätte sich einen strahlenderen Tag für Tareks Einzug gewünscht. Immerhin leuchten da und dort ein paar Krokusse. Bisschen zu brunzgelb, würde Nick sagen.

Sie kommt zu früh zum Flüchtlingsheim, aber Tarek sitzt bereits auf der Treppe vor dem Eingang, in Regenjacke, links und rechts eine vollgepackte Reisetasche. Es sind schöne Taschen, Inge fragt sich, woher er sie hat. Er lächelt, und diesmal sind seine Zähne zu sehen, klein und regelmäßig. Er steht auf und streckt ihr die Hand entgegen, und weil er ein paar Stufen weiter oben steht, hat das eine unpassend huldvolle Wirkung. Inge ergreift die Hand trotzdem, sie ist trocken und kühl. »Hast du dich schon verabschiedet«, fragt sie und zeigt auf die Tür: »Said goodbye?« Tarek nickt. »Also dann.« Ich schaff das, denkt Inge, oder wie sagte Angela Merkel schon wieder?

Sie fährt langsam, zeigt auf Coop, Post, Apotheke, Bushaltestelle und auf den großen japanischen Kirschbaum, der blüht wie blöd. »Ist schön«, sagt Tarek. »Ist schön«, als er das Kellerzimmer betritt. Die Kochplatte anfasst. Den Duschvorhang zieht. Die Fernbedienung in die Hand nimmt. Den Kühlschrank aufmacht. »Ist schön.« Er stellt die beiden Taschen aufs Bett, sagt nichts mehr. Inge legt ihm den Zimmerschlüssel in die Hand und geht.

Zum Glück kommt über Mittag niemand nach Hause. Sie kann allein sein mit ihrer Aufregung, schaut wieder in den Spiegel, sieht aus wie immer. Sie räumt auf – immer diese vielen Schuhe! –, leert die Papierkörbe in einen

Abfallsack, und bevor sie ihn zubindet, sieht sie einen beschriebenen Zettel:

Die Stille ist ~~laut~~ groß

Von wem ist das? Druckbuchstaben, die könnten von Heiner, Nick oder Josch sein.

Die Stille ist ~~laut~~ groß
am Ende eines Lachens
wenn es versickert
146

Vielleicht was zum Auswendiglernen für die Schule? Sie muss sich wieder mehr um die Hausaufgaben der Jungen kümmern. Vor allem Josch sieht sie kaum mehr arbeiten. Seit er Heiners Notebook hat, erst recht nicht. Und Nick verzieht sich mit seiner Nora ins Zimmer, und wenn Inge mal klopft, verdreht er beim Türöffnen die Augen.

Inge gibt sich Mühe, ihre Enttäuschung zu verbergen. Der feine Nick hat sich ein unfeines Mädchen angelacht. Nora ist laut. Geschmacklos. Und irgendwie grob. Hübsch ja, das schon. Dumm wohl auch nicht. Heiner schweigt wieder mal. »Wie findest du Nora?« »Ich finde sie am ehesten, wenn ich Nicks Tür aufmache.« »Ich meine: Was sagst du zu ihr?« »Ich sage: Guten Abend.« An Heiner kommt man zurzeit nicht ran.

Er hat sich verkapselt. Aber unglücklich ist er nicht, er ist sogar irritierend munter. Vielleicht wird das Abendessen heute mit Tarek noch ganz schön. Sie hat alles eingekauft für Cevapcici und albanischen Reis mit Aivar.

April

Josch
Tareks Tür ist nie abgeschlossen, ob er da ist oder nicht. Josch hat es ausprobiert. Er klopft, macht auf, geht rein, schaut sich um. Es sieht immer gleich aus, alles ordentlich. Schließen die nie ab in Albanien? Wenn Josch nachmittags von der Schule kommt, ist Tarek aber immer da und schaut Fernsehen. Für Deutsch, sagt er. Er schaut »Liebe im Sturm«, »Gute Zeiten, schlechte Zeiten«, »Rote Rosen«, und Josch schaut mit. Hilfe!, würde Nick sagen und davonlaufen. Sie sitzen auf dem Bett und essen von der harten Wurst, die Tarek in kleine Stücke schneidet. Josch soll ihm erklären, was er nicht versteht. »Schwanger, was ist?« »Nasevoll, was ist?« Josch hilft sich mit Pantomimen, und Tarek lacht sich krumm. »Schmusen, was ist?« Josch weiß nicht, wie er das vormachen soll, das wird peinlich. Er packt seinen Rucksack und haut ab. Wo er so lange gewesen sei, fragt Inge. »Beim Floh.« »Und was macht ihr da?« »Schweinische Sachen.« »Ach, Josch, hör doch auf.«

Jetzt ist Tarek vier Wochen hier, und es hat noch keine Explosion gegeben, Tarek sitzt in seinem Zimmer und ist nicht störender als eine neue Topfpflanze, die von Inge gewässert wird. Nur an Ostern, an Ostern war's krass. Inge wollte etwas Albanisches auftischen, Tarek wünschte sich Tsoureki, so was Ähnliches wie Osterzopf. Inge mischte mit Tarek den Teig, Heiner rief: »Was riecht hier so? Sind wir hier in der Kirche oder wo?« Plötzlich standen alle in der Küche. Was so roch, war ein Gewürz namens Mastix. »Nach Harz«, sagte Josch, »Nach Terpentin«, sagte Nick, »Nach Weihrauch«, sagte Heiner. Dann sah er das Preisschild an der Mastixpackung und rief aus: »Ich fass es nicht. Allein dafür könnten wir fünf Gigaosterzöpfe kaufen!« »Ich bitte dich«, sagte Inge, »wir wollen es eben richtig machen, eigentlich gehörte auch noch Mahlep rein, aber das konnte ich nicht auftreiben. Jetzt zehn Minuten rühren.« Sie streckte Tarek den Mixstab entgegen, aber der sprang nicht an. »Kaputt«, sagte Tarek. »Du flicken«, sagte Inge zu Heiner. »Ich nicht Zeit«, sagte Heiner, warf die Mastixpackung an die Decke und ging. Inge rührte von Hand, und dann sollten laut Rezept die Hände mit geschmolzener Butter eingerieben werden, um so den Teig aus der Schüssel zu heben. »Mach du das«, sagte Inge zu Nick, worauf sich Nick die Hände einbutterte und mit ausgestreckten Armen den kreischenden Josch um den Tisch herumjagte, durchs ganze Haus bis ins Wohnzimmer, dort fielen sie aufs Sofa und machten das Leder voll mit Butter. Inge schrie, Tarek verzog sich. Ob das ein Zopf sein solle, fragte Nick, als er sah, was Inge geformt hatte. »Sieht aus wie ein Klumpfuß im Gruselkabinett.«

»Man muss ihn ruhen lassen«, sagte Inge. »Wo ist eigentlich Heiner?« »Man muss ihn ruhen lassen«, sagte Josch. »Ihr seid gemein«, sagte Inge. »Alle.« Sie klang traurig.

Am Tag darauf, beim Osterfrühstück, lag auf dem Klumpfuß ein rotes Osterei. »Das ist albanische Tradition«, sagte Inge feierlich, »nicht wahr, Tarek?« Tarek nickte. »Das Ei bedeutet: neu anfangen, lebendig sein und fruchtbar.« »Furchtbar?«, fragte Tarek, worauf Heiner grinste, Nick und Josch herausplatzten und Inge das Ei in der Hand zerdrückte.

Inge

Tarek zeigt Inge ein Foto von seiner Frau. Sie hat nicht gewusst, dass er in Albanien eine Frau hat, er sieht irgendwie nicht verheiratet aus. »Sie ist hübsch«, sagt sie. Das versteht er nicht. »Schön«, sagt sie. Das stimmt aber nicht. Mehr als hübsch ist sie nicht. Eine nett zurechtgemachte Ladengehilfin. »Sie Lehrer«, sagt Tarek. »Sie gescheit ist.« Er macht schnelle Fortschritte mit seinem Deutsch. An drei Morgen geht er zum Unterricht. Es sind dieselben Morgen, an denen Inge arbeitet. Darum kann sie nicht ausgiebig ins Kellerzimmer schnüffeln gehen. Sie tut es, wenn sie Tarek zum Einkaufen geschickt hat. Setzt sich auf sein Bett, schaut sich um, zieht eine Schublade auf, rührt nichts an. Einmal hat sie ein T-Shirt in die Hand genommen und wieder hingelegt. Einmal hat sie ein Heft aufgeschlagen, es war vollgeschrieben, aber auf Albanisch, mit den vielen Pünktchen oberhalb der Buchstaben, sie konnte nichts lesen, nicht mal erraten.

Er hat also eine Frau.

Gegen Abend kommt er jeweils nach oben, um Inge seine Hausaufgaben zu zeigen. Er klopft, ruft, tritt ein. Heiner findet, das gehe zu weit, Tarek solle warten, bis ihm jemand die Tür aufmacht. Inge findet, Heiner sei früher freundlicher gewesen. »Du musst ihn ruhen lassen«, sagt Nick.

Inge setzt sich mit Tarek an den Küchentisch, schaut zu, wie er schreibt, wie sich die Mittelhandknochen unter der braunen Haut bewegen. »Nein, *die* Sonne, nicht *der* Sonne.« Tarek beugt sich vor, radiert. Inge sieht seinen Nacken, ein paar kleine Locken, sonst sauber rasiert. »Der Sonne, in Albanien«, sagt er und schaut sie an. Er legt seinen Blick auf ihr Gesicht wie eine leichte Hand. »Herr Sonne, Frau Sonne«, sagt Inge, »was gefällt dir besser?« »Frau«, sagt Tarek. »Frau warm ist.« Wenn Inge sich und ihm ein Glas Wein einschenkt, ruft Heiner »Na dann, Prost« durch die Küchentür.

Tarek hat nun den F-Ausweis. Frühestens drei Jahre nach seiner Einreise darf seine Frau nachkommen. Jetzt ist er fünf Monate und dreizehn Tage im Land. Das ist so angekreuzt im Kalender, der im Kellerzimmer hängt, neben dem Bett.

»Ene, mene, miste, der Floh war in der Kiste«, singt Josch im Badezimmer. Sie haben heute Abend Tarek ausgefragt, so gut es eben ging mit ein bisschen Englisch und ein ganz bisschen Deutsch. Heiner war hartnäckig, er fragte immer nach. Warum er im Gefängnis gelandet sei. Ob allein oder mit anderen. Was er vor, im und nach dem Gefängnis gemacht habe. Tarek gab Auskunft, aber knapp. Weil er nicht konnte oder nicht wollte, Inge weiß es nicht. »Ich viel Stress«, sagte er immer wieder und knetete seine Finger. Heiner fasste zusammen, was sich aus Tareks Informationen ergab: »Du warst also bei der Drogenpolizei.« Tarek nickte. »Du hast herausgefunden, dass dein Chef korrupt war und mit der Drogenmafia zusammenarbeitete.« Tarek nickte. »Um dich zum Schweigen zu bringen, hat man dich und deine zwei Kollegen ins Gefängnis geworfen.« Inge merkte, dass Tarek nur die Hälfte verstand und bloß aus Höflichkeit nickte. »Fertig jetzt«, sagte sie zu Heiner, »das klingt wie ein Verhör.« »Morgen machen wir weiter«, sagte Heiner.

»Ene, mene, muh, der Floh biss zu«, das ist Nick, der jetzt singt, und als Josch wieder anfängt: »Ene, mene, knast, jetzt ist er unser«, schreit Inge: »Hört endlich auf!«

Sie schreie so viel in letzter Zeit, sagt Heiner. »Du viel Stress?«

Inge nimmt ihre Jacke und geht hinaus in den kühlen Abend, Flieder, Sterne, Ruh. Ene, mene, buh.

Josch hat aus dem Müllcontainer ein altes Kochbuch gefischt, und jetzt will er zum Abendessen daraus etwas nachkochen. »Kalbskopf in weißer Sauce!« »Igitt!«, sagt Nick, und Inge lacht. »Da: Saure Eier, das könnten wir machen, es sind noch Eier im Kühlschrank.« »Iiii«, stöhnt Josch, und Nick macht ein Kotzgeräusch, da stürzt Heiner keuchend in die Küche. »Ambulanz! In der Garage liegt einer!«

Heiner

Was für ein Abend. Er hat sich aufs Nachhausekommen gefreut, hat zum Autoradio mitgesungen, fährt singend in die Garage, und da liegt jemand. Beim abrupten Stopp fliegt von hinten etwas zwischen die Vordersitze, eine leere Coladose, wohl Abfall von Josch. Gott, wer liegt denn da. Fast hätte er ihn überrollt. Weil er zu nah an die Seitenwand gefahren ist, muss er über den Beifahrersitz aus dem Auto klettern, sticht sich an einem Zahnstocher, wohl Abfall von Inge. Wer da liegt, ist ein Mann, schwarze Schuhe, schwarze Windjacke, im Gesicht Kratzer und Blut, ein Bein angewinkelt, rührt sich nicht. Ist er tot? Besser nicht anfassen, Ambulanz! Das Handy liegt oben, er hat es vergessen heute Morgen.

Dass sein Herz so hämmern kann. Hat er nicht gewusst. Die Kellertreppe, wie immer zehn Stufen.

Da sitzen sie alle am Küchentisch und schauen ihn lachend an.

»In der Garage liegt einer.«

Inge holt wortlos das Telefon, und dann steigen sie hintereinander die Treppe runter, zehn Stufen und rein in den Schock.

»Tot?«, fragt Josch, »Holy shit«, sagt Nick, und Inge flüstert etwas. Sie schauen auf den Mann wie auf einen angeschwemmten Gegenstand. Dann bückt sich Inge, streckt die Hand aus, zögert, berührt den Mann, umfasst den Knöchel des ausgestreckten Beins, es zuckt.

»Hundertvierundvierzig, Ambulanz«, sagt Nick, da tippt Heiner endlich die Nummer ein. »Polizei braucht's auch noch«, sagt Inge, »mach schon.«

Als die Ambulanz vorfährt, kommt Tarek aus dem Kellerzimmer, im grauen Bademantel. Dass Inge den Mantel für Tarek gekauft hat, stört Heiner immer noch. »Passieren?«, sagt Tarek, und Heiner starrt auf Tareks Brusthaare. »Wir kennen den Mann nicht«, sagt Inge. Vielleicht kennt ihn Tarek, denkt Heiner.

Die beiden Polizisten, die später im Wohnzimmer auf der Kante des Sofas sitzen und Inges Tee nicht trinken, sind mormonenhaft höflich. »Kein Grund zur Aufregung«, sagt der eine, worauf Inge etwas zu laut sagt: »Warum nicht? Finden Sie oft halb tote Männer in Garagen?« Der eine Polizist lächelt, der andere sagt, vielleicht werde noch eine Vorladung erfolgen, an Heiner und an

Inge und vielleicht an die Söhne, zur näheren Abklärung des Vorfalls. »Gibt es noch andere Bewohner im Haus?« »Ein Asylant«, sagt Heiner. »Eine Katze«, sagt Nick. Niemand lacht.

Das Garagentor war offen. Er hat es wohl heute Morgen vergessen zu schließen. Heiner kann nicht schlafen, trotz des vielen Weins. Der Mann könnte auch durch die Haustür und über die Kellertreppe reingekommen sein. Ist auf der Treppe gestürzt und hat sich den Kopf angeschlagen. Die Haustür ist oft nicht verschlossen. Aber warum war er hier, warum in dieser Straße, warum bei den Drehers? »Inge«, flüstert Heiner, dann hört er, wie tief sie schläft.

Nick

Der Mann in der Garage hat ausgesehen wie sein Gitarrenlehrer, wenn er beim Vorspielen die Augen schließt. Das unschön verzogene Gesicht wirkt dann unwirsch. Schon drei Tage liegt der Garagenmann jetzt im Spital und ist noch nicht wieder bei Bewusstsein, sagt Inge. Wer er ist, weiß man nicht, er hat keine Papiere. Sie redet von nichts anderem mehr und fragt die ganze Zeit, ob man die Haustür abgeschlossen habe. Nein, sagt Josch jedes Mal und horcht, ob sie geht und prüfend an der Klinke rüttelt. Gestern hat er gerufen »Im Garten liegt einer!«, und Nick tat so, als stürze er entsetzt herbei, aber Inge fand es nicht lustig. Wenn der Garagenmann weiterhin nichts sagt, sollen alle nächste Woche bei der Polizei vortraben, auch Tarek.

Josch ist zurzeit wie ein Hündchen, passt auf, wenn sein Herr aus dem Haus geht, läuft auf dem Schulweg neben ihm her, wartet im Schulhof, wedelt mit der Mütze. Die Schultasche kann Nick jetzt wieder selber tragen, der Arm scheint in Ordnung, der Knochen wieder ganz. Aber im Kopf ist noch etwas lose, tut manchmal weh, Nick kann es nicht benennen. Er weint mit trockenen Augen. Kann sein, dass Josch das spürt, manchmal, und dann extra lustig tut und extra heftig mit der Mütze wedelt. Kann aber auch sein, dass sich Josch an ihn hängt, weil er herausfinden will, wie das ist zwischen Nick und Nora, was sie machen, wenn sie die Zimmertür hinter sich schließen.

Inge

Dass der schmale Grünstreifen zwischen Haus und Straße nicht schön, ja schon fast hässlich ist, hat Inge gar nie registriert, obwohl sie seit Jahren hier wohnen. Ein kratziges, immergrünes Gebüsch, ein bekiester Boden, längst von Moos und Kraut überwachsen – mehr ist da nicht, außer der Kacke von Herrn Petermann. Er ist der Einzige, der diese Zone betritt. Erst seit Tarek eingezogen ist, der durch das Fenster im Kellerzimmer auf den Grünstreifen sieht, nimmt auch Inge diesen wahr. Sie könnte doch im Gartencenter ein paar Pflanzen holen, die den Sommer über blühen. Den Boden umstechen, zwei, drei Säcke gute Erde kaufen. Vom Gärtnern versteht sie nicht viel. Es ist Heiner, der sich um den großen Garten hinterm Haus kümmert. Einigermaßen kümmert. Immerhin hat er Geräte wie Schaufeln und Astscheren. Wenn sie jetzt den jämmerlichen Streifen bearbeitet, wird man sie auslachen. Ach so, Tarek soll eine schöne Aussicht haben. Ach so, Asylanten brauchen Grün, Grün ist ein Menschenrecht. Und Nick oder Josch werden in Windeseile einen Namen für das schmale Gärtchen erfinden. Tareks Paradise. Flohpark.

Ist es falsch, was ich hier mache?, fragt sie sich. Dass ich jemandem helfe, kann doch nicht falsch sein. Niemand hier im Haus leidet Tareks wegen, er lärmt nicht, er stinkt nicht, er stört nicht. Zumindest sollte er nicht. Tut er aber doch, das weiß sie wohl. Heiner ist irritiert, wenn Tarek ungefragt auftaucht. Josch mag es nicht, wenn Nick mit Tarek lernt. Und Nick grollt immer noch heimlich, weil er das Kellerzimmer nicht bekommen hat. Nun, das wird sich bestimmt noch alles glätten.

Im Gartencenter raten sie ihr zum lang blühenden Helenium in Reingelb und Rostrot, das sei anspruchslos über viele Jahre, und dazwischen ein paar Malven wäre hübsch. Zu Hause schleppt sie Erde und Töpfe in den hinteren

Teil des Gartens, wo sie niemandem auffallen. Mit Umstechen und Pflanzen will sie erst übermorgen anfangen, wenn alle außer Haus sind, auch Tarek. Und sie beschließt, bissige Kommentare zu überhören.

Es ist schon richtig, was sie macht.

Josch

Er hört gerade noch, wie Inge sagt: »… schade, dass ich das nie darf«, und dass Heiner lacht. Was sie nicht dürfe, will Josch wissen. »Dem arroganten Schulleiter eins auf den fetten Hintern klatschen, wenn er durch den Korridor watschelt«, sagt Inge. »Heiner, was würdest du tun wollen, was du nicht darfst?« Bevor Heiner überlegen kann, kommt Nick zur Tür rein und sagt: »Ich würde Kolbrats Auto zerkratzen, mit dem großen Schraubenzieher, knirsch, knarsch, kreuz und quer.« Er habe schon wieder gesehen, wie er Herrn Petermann aus dem Garten verjagt habe, und zwar mit Steinen. »Ich hol dir einen Schraubenzieher«, sagt Josch. »Tu das«, sagt Heiner, »und bring noch den Gartenschlauch mit, damit ich Frau Irmgard Mäkle kalt abspritzen kann.« »Wir sind schreckliche Leute«, seufzt Inge. »Finde ich nicht«, sagt Josch. »Du bist noch dran«, sagt Nick, »gestehe, was du tun möchtest.« »Ich weiß es nicht, ich hole jetzt den Gartenschlauch«, sagt Josch und macht sich davon. Er weiß ja so genau, was er am liebsten macht und nicht darf. Es wäre furchtbar, wenn's die anderen wüssten. Er hat beim Einkaufen schon wieder etwas mitgehen lassen. Ein Taschenmesser.

In seinem Zimmer schließt er die Tür und legt sich aufs Bett. Dann steht er wieder auf und öffnet die Tür zwei Fingerbreit. Man soll nicht denken, er sei sauer oder wolle allein sein. Sollen sie doch kommen und das Joschili ausfragen. Bitte sehr, ich lass euch in mein Zimmer, nehmt Platz, aber ich will nicht, dass ihr in meinem Kopf herumspaziert und mich ausspioniert. Geheimnisse sind was Gutes, hat jemand gesagt. Wer war das? Nick war's. Und Inge hat ihn schräg angesehen und geschwiegen. Geheimnis ist ein schönes Wort. Erlebnis, Schrecknis, Finsternis sind schöne Wörter. Wort, Wörter, am Wörtesten. Mord, Mörder, am Mördesten. Ob das jemand lustig findet? Nein. Nicht mal Nick. Kot, Köter, am Kötesten.

Morgen hat er Französisch, morgen hat er Mathe. Morgen hat er schlechte Noten, morgen ist ihm schlecht – das und dass er klaut, weiß niemand. Morgen wird sich Heiner ins Büro verziehen, morgen wird sich Inge über Tarek stülpen, morgen wird sich Nick an seine Nora machen, und morgen Abend werden sie merken, dass Josch auch noch da ist: Na, Josch? Alles okay?

Jaja, alles okay. Euer Josch macht das schon. Alles bestens, was er tut und was er tat. Tat, Täter, am Tätesten.

Heiner

Heute hat er Wilfried gegoogelt. Seit Jahren hat er nicht mehr an Wilf gedacht. Aber auf den Wahlplakaten der Grünen präsentiert sich ein Wilfried, und der seltene Vorname hat Heiners Erinnerungen geweckt. Der gegoogelte Wilf von damals hat Hunderte von Einträgen, er lebt jetzt in Irland, hat eine internationale Firma für Pestizide und wird mehrfach verklagt als Giftproduzent. Wilf. Inges Freund. Inges Liebhaber. Sein Rivale. Sein Gegenbuhler. Zwei Jahre ging das Buhlen, bis sich Inge gegen Wilf entschied. Eine ganze Stunde lang klickt sich Heiner durchs Internet und sieht, wie reich Wilf geworden ist. Hat ein Anwesen mit Allee und Tennisplatz, steht vor einem Bentley, umarmt Frauen, die wie Models wirken. Derweil sterben Bauern in Bangladesch an Wilfs Gift. Heiner verspürt sowohl Neid wie Verachtung und fragt sich, wie Inge heute wäre, wenn sie Wilf gewählt hätte. Hätte sie auch einen Tarek im Haus? Auch Schweigezeiten bei Wut? Auch eine Donner-Phobie? Würde sie auch singen unter der Dusche, und würde sie auch Wilf mit Umarmungen von hinten überraschen? Er wird ihr nichts sagen von seinen Nachforschungen. Inge soll nicht wissen, wie verboten gut Wilf heute aussieht, besser als der bleiche Chemiestudent seinerzeit. Heiner hat inzwischen ein bisschen Bauch und ein bisschen Glatze, beides noch wenig sichtbar für andere. Wenn er nackt im Badezimmer steht, zieht er die Tür zu.

Was sagt eigentlich Inge, wenn sie nach dem Beruf ihres Mannes gefragt wird? Und was soll er sagen? Ich leite das Amt für Energie, ich setze gerade den Fernwärmezwang durch, ich nehme die entsprechenden Beschwerden entgegen, ich war mal Jurist, ich war mal ein anderer. Ich könnte ausrechnen, wie oft ich die messingfarbene Klinke der Bürotür schon gedrückt habe. Ein Bauer kann sich ausrechnen, wie oft er seine Kühe gemolken hat. Eine Hebamme kann zählen, wie viele Kinder sie auf die Welt geholt hat. Ein Poet kann nachweisen, wie viele Gedichte er veröffentlicht hat. Ich bin Messingklinkendrücker von Beruf. Und wir leben ganz gut davon.

Ich habe Wilf gestern verabschiedet, hat Inge damals gesagt. Sie hat es ganz beiläufig gesagt, so als habe sie ein Abo gekündigt oder die Coiffeuse gewechselt. Und als er dann wissen wollte, wie das abgelaufen sei, hat er erfahren, dass sie Champagner tranken und Rohschinken aßen und dass sie noch einmal mit ihm geschlafen hat. Sie hat ihm einen Morgenmantel und er hat ihr nichts geschenkt. So war das.

»Wen wählst du eigentlich«, sagt er und streckt ihr die Wahlbroschüre hin, aufgeschlagen bei »Wilfried Kretschmayr, Favorit der Grünen«. Inge wirft einen Blick darauf. »Ach, ich weiß nicht«, sagt sie, »sind alles immer dieselben Gummiköpfe.«

Tut sie nur so, oder berührt sie der Name Wilfried tatsächlich nicht mehr? Es kann ja nicht sein, dass sie nie mehr an ihn denkt. Vor ein paar Tagen hat Nick sie gefragt, in welche drei Länder sie am liebsten reisen würde. »Irland«, hat sie sofort gesagt und nach einer Pause noch »Hawaii« und »allenfalls Albanien«. Von Irland zu Wilfried ist es nicht weit. Das weiß Inge ganz sicher auch.

Nick

Eigentlich hat er den im Sessel dösenden Heiner ein bisschen erschrecken wollen, aber dann sieht er, dass er schreibt und gerade etwas durchstreicht. »Wem schreibst du?«, fragt er. »Niemandem«, sagt Heiner und dreht das Papier um. »Man kann ja auch etwas schreiben, ohne dass ein Brief draus wird.« »Dann halt eine To-do-Liste, wieder mal«, sagt Nick. Heiner dreht das Papier wieder um, liest »Augen. Ohren« und lacht. »Nein, keine To-do-Liste.« Warum tut er so geheimnisvoll, denkt Nick. »Wie findest du eigentlich Nora?«, fragt er. Heiner antwortet nicht. »Wie findest du eigentlich Nora?«, fragt Nick noch mal. »Hab's schon gehört«, sagt Heiner. Was kommt wohl jetzt, denkt Nick. »Sie ist etwas Besonderes. Und darum gefällt sie mir. Von mir aus könnte sie weniger fluchen.« »Inge mag sie nicht.« »Woher weißt du das?« »Sie sagt ›Grüß dich‹, wenn sie kommt.« »Das ist bedenklich«, sagt Heiner.

Wie Nora sich in dieser Familie bewegt, ist erstaunlich. Als käme sie in einen Platzregen und würde nicht nass. Inges Sticheleien und Heiners Röntgenblicke scheinen ihr nichts auszumachen, und Joschs aufdringliche Bewunderung nimmt sie gelassen entgegen. Und dass da noch ein Tarek ist – noch so ein Teilchen, das auch nicht recht ins Puzzle passt –, scheint sie zu freuen. »Der Albanote«, sagt sie. »Der Asylheini.« »Der Fluchti.« »Hast du gesehen, wie er sich kratzt?«

Mai

Nick

Die Ulme ist grün geworden, und wieder wirbeln die hauchdünnen Scheibchen durch die Luft, Ulmenfrüchte, wie er jetzt weiß. Er hat auch gelesen, dass man sie essen kann, hat eine Handvoll eingesammelt und beim Abendessen in die Salatschüssel gestreut. Wozu das gut sei, wollte Heiner wissen. Gegen Verstopfung, erfand Nick, und prompt rapportierte Heiner am nächsten Morgen Durchfall. »Du mit deiner Ulme«, sagte Josch.

»Cooler Baum«, hat Nora neulich gemeint, »können wir da mal raufklettern?« Herr Kolbrat würde das nicht wollen, sagte Nick, worauf Nora das Fenster aufriss und »Arschloch« in Kolbrats Garten rief. Nick packte sie, und sie fielen zusammen aufs Bett. Das war so ein Moment, wo Nick nicht weiterwusste. Er nimmt sich vor, jetzt dann mal die Tür abzuschließen. So richtig mit Schlüssel. Dann aus den Kleidern. Dann machen. So richtig mit allem.

Eines schönen Nachmittags im Mai.

Spätestens am Einunddreißigsten.

Wenn Inge keine Zeit hat für Tarek und seine Hausaufgaben, muss Nick dran glauben. Er könne auch etwas beitragen zu Tareks Integration, zu einer friedlichen Gesellschaft und so weiter. Nick murrt, aber eigentlich hat er nichts dagegen, mit Tarek am Küchentisch zu sitzen, besonders wenn auch Nora dabei ist. Drei Fremde sitzen dann beisammen. Nick, der sich zurzeit irgendwie daneben fühlt, als ob er aus Versehen in dieses Leben gerutscht sei. Tarek, der amtlich bestätigte Fremdling. Und Nora, die lieber auf *strange* als auf normal macht.

Nora findet Tarek in Ordnung. »Warum hast du da oben eine Zahnlücke?«, sagt sie. Wenn Tarek seinen fragenden Blick aufsetzt, geht gleichzeitig sein Zeigefinger an die Nasenspitze. »Zahn weg, fort, raus, kaputt, warum?«, sagt Nora und klopft mit dem Kugelschreiber auf ihre unglaublich weißen Zähne. Tarek macht mit der Faust Schläge vor, sagt »prison«, und Nora sagt »shit«. Dann füllt Tarek die Lücken in der Übung zu den Verben *haben* und *sein*, tut es langsam und präzise, als setzte er Zähne ein, in einer großen, steilen Schrift. Nora füllt derweil ein Blatt mit winzigen roten und schwarzen Ornamenten und überreicht es Tarek. Sein Zeigefinger geht zur Nasenspitze. »Für dich«, sagt Nora.

Das Blatt hängt später in seinem Zimmer, neben einem Sonnenaufgangposter von Josch und einem Kalender mit angekreuzten Tagen.

Wie es wäre zu fliehen, stellt sich Nick manchmal beim Einschlafen vor. Aus dem Bett zu springen, hastig die Kleider zusammenzuraffen und die Straße langzurennen, den Rucksack erst halb aufgesetzt, die Rufe der Verfolger im Rücken und auf den Schultern die Schuld, Josch zurückzulassen.

Wie damals im Spital kommen diese Tränen, die statt übers Gesicht in den Kopf hineinlaufen.

Inge

Die Vorladung war auf den schulfreien Mittwochnachmittag angesetzt worden. Inge war erleichtert. »So braucht ihr niemandem was zu erzählen«, sagte sie zu Nick und Josch, aber Nick lachte bloß, er habe schon allen alles erzählt. Nun, sie konnte es nicht verbieten, aber es ärgerte sie. Bald würde es überall heißen, bei Drehers im Haus ist einer ermordet worden.

Heiner war als Erster dran, die anderen mussten im Vorzimmer warten. Als Josch gerufen wurde und er so tapfer allein durch die Tür ging, wollte es Inge schon das Herz zusammenkrampfen, aber da drehte er sich um und machte blitzschnell seine Idiotengrimasse. Für Tarek hatte man eine Dolmetscherin bestellt, doch die kam nicht, also wurde Tarek allein befragt. »Ich haben gesagt, ich weißen nicht und kennen nicht«, sagte er nachher. Er trug ein neues weißes Hemd, die Bügelfalten waren noch drin. Das rührte Inge, und sie hätte ihn gerne schnell angefasst.

»Vielleicht sollten wir den Mann im Spital besuchen«, sagte Inge auf der Heimfahrt und erschrak über die Heftigkeit, mit der Heiner erwiderte »Mir reicht's!«.

Am Abend wurde geschwiegen, und auch am nächsten Tag mochte niemand mehr über den Garagenmann reden.

»Oh«, sagt Heiner, als er Inges neuen BH sieht. Er ist knallrot, knapp und glänzend. »Hast du was vor?« »Heute Abend nicht«, sagt Inge. »Ich bin dann mal weg«, sagt Heiner. Sie schaut vom Fenster aus zu, wie er aus der Hintertür hinaus auf den Rasen tritt, ein paar Rumpfbeugen macht und dann im Gartenhaus verschwindet. Ausgebüxt. Sie hat sich noch nicht entschieden, ob sie sich freuen oder ärgern soll über das blöde Gartenhaus. Ja, Heiner hat eine Beschäftigung, hat eine Klause, tigert abends nicht dauernd durch Wohnzimmer und Küche und gibt etwas zu bedenken. Wenn Nora oder Tarek auftauchen, ist er weg, und man hat keine humorlosen Sprüche zu befürchten. Aber irgendwie kommt sich Inge hintergangen vor. Heimlich hat er die Möbel vom Sperrmüllhaufen geholt, heimlich hat er beschlossen, sie zu restaurieren, Handwerkszeug zu kaufen, das Gartenhaus zu annektieren, eine elektrische Leitung zu legen. Nicht ein einziges Mal hat er sie um Rat gefragt, hat sich behaglich eingerichtet, mit Tisch und Stuhl und Rotwein. Und wenn Inge mal zu ihm reinschaut, riecht es zwar nach Leim und Lack, aber Heiner sitzt am Tisch und schreibt und sagt ihr nicht, was. Er zeigt auch nicht auf den alten

Hocker und sagt »Nimm Platz«, er wartet einfach, bis sie wieder geht.

Der Mai ist dieses Jahr besonders warm, alle Fenster sind offen, die hellen Nächte sind voller freundlicher Stimmen aus den Häusern ringsum. Bin ich neidisch?, fragt sich Inge, wenn sie im Bett liegt, während Heiner noch lange in seiner Klause Heimliches tut.

Öme sagt, dass sie nach den Sommerferien wohl nicht mehr jeden Mittwochnachmittag kommen wird, die Jungen seien nun groß. Nick habe ja jetzt eine Freundin, und Josch wolle seine Hausaufgaben alleine machen. »Schade. Sie haben dich gern«, sagt Inge. »Weiß ich«, sagt Öme. Inge ist erleichtert, dass Öme nicht mehr kommt, und freut sich auf eine neue Freiheit. Sie wird schon aufpassen, dass Josch seine Schularbeiten macht. Die Prüfung fürs Gymnasium hat er ja immerhin geschafft, wenn auch knapp. Er surft zu viel im Netz, das muss aufhören. Und dass er dauernd mit diesem Pietro zusammen ist, gefällt ihr auch nicht.

Heute ist Öme da, um Kuchen zu backen für Heiners Geburtstag morgen. Es muss einfach ein Marmorkuchen sein, sagt Öme, und alle wissen, dass der alte Heiner solche Kuchen längst nicht mehr mag, nur Öme weiß es nicht. Josch sitzt bei ihr in der Küche, rührt den Teig, und sie fragt ihn französische Vokabeln ab. Inge hört vom oberen Stock, wie sie lachen, Joschs neuerdings tiefes Krähen und Ömes hohes Gackern. Immer wieder geht das Gelächter an, und Inge hat ein bisschen Mühe, sich darüber zu freuen, und findet sich blöd.

Josch

Der Polizist war nett. Oder tat so, als sei er. Was machst du gern?, hat er gefragt. Klauen, hätte er sagen sollen. Er sagte Schach spielen. Ob Josch den bewusstlosen Mann schon früher mal gesehen habe. Nein. Ob ihm an dem Mann etwas Besonderes aufgefallen sei. Nein. Ob ihm jemand etwas über den Mann erzählt habe. Nein. Der Polizist hatte rechts vom Mund einen großen Hautknubbel, sah aus wie ein eingepflanztes Minimikrofon. Ob Josch ihm noch irgendetwas sagen wolle. Nein.

Als er wieder zu den anderen ins Vorzimmer trat, sah Inge ihn an, als müsste sie ihn verarzten.

Polizist will er nicht werden.

Eigentlich weiß er nur, was er nicht werden will. Nämlich nicht das, was die anderen in ihn hineindenken. Architekt wär schön, sagt Inge. Astronom würde er werden, wenn er noch mal was werden könnte, sagt Heiner. Und Öme findet, warum nicht Koch, Fernsehkoch. Am liebsten würde er nichts werden. Guten Tag, was sind Sie? Nichts. Ich meine, was machen Sie. Nichts. Ich meine, was werden Sie machen. Nichts. Zum Erstaunen aller hat er die Prüfung fürs Gymnasium geschafft, und Inge sagte fast feierlich, nun stünden ihm alle Wege offen. Er will nicht alle Wege, er will nur den gleichen Schulweg wie Nick.

Was, wenn Heiner den Garagenmann angefahren hat? Er könnte ja eigentlich nichts dafür, wer rechnet denn schon damit, dass in der eigenen Garage ein Unbekannter liegt. Was, wenn Heiner den Garagenmann im Auto hergebracht und in der Garage ausgeladen hat? Was, wenn Inge den Mann im Haus überrascht und die Kellertreppe runtergestoßen hat? Was, wenn Tarek den Mann angegriffen hat, einen Asylantenkumpel aus dem Flüchtlingsheim, der etwas von ihm wollte? Tarek lässt sich kaum mehr blicken, seit die Polizei da war. Überhaupt ist nichts mehr los im Haus, alle verziehen sich in ihre Löcher. Und wenn Josch den Garagenmann zur Sprache bringt, heißt es nur: Jetzt wart erst mal ab, wer das ist.

Josch klopft an Nicks Tür und steckt den Kopf rein.

»Prinz Josch«, sagt Nick und macht den Bildschirm aus, »Sie wünschen?« »Der Garagenmann«, sagt Josch, »was glaubst du, wer das ist?« Nick legt sich aufs Bett und schließt die Augen. Nach einer Weile sagt er: »Russe, 43 Jahre alt, eingesperrt wegen einfachen Raubs, ausgebüxt vor drei Wochen, schwarz über die Grenze gekommen zu einer Freundin in Schaffhausen, von dieser rausgeworfen, weil unappetitlich, Handtasche gestohlen, weil Hunger, gesoffen, verwirrt, über die eigenen Beine gestürzt und in Drehers Garage gelandet. Jetzt du.« Josch legt sich zu Nick aufs Bett. »Appenzeller«, sagt er, worauf Nick in Gelächter ausbricht. »Dann halt Zürcher«, sagt Josch, »39 Jahre alt, eingesperrt in Klapsmühle wegen Verfolgungswahn, ausgebüxt im Pyjama, Kleiderdiebstahl im Hallenbad, drei Tage herumgelaufen, Halluzionen, zusammengeschlagen als Spinner, in Drehers Garage verkrochen.« »Deins ist besser«, sagt Nick, »aber es heißt Halluzinationen.«

Von unten ruft Inge zum Essen. »Wir gehen besser gleich«, sagt Josch, »sonst wirft sie uns die Kellertreppe runter.« Wie wohl es tut, wenn Nick lacht.

Heiner

Mein Herr, heute haben Sie es wieder versucht, haben sich an die enge Hose über Ihrem heiligen Geschlechtsteil gefasst, als Sie mein Büro betraten. So langsam habe ich

Heiner legt das Blatt beiseite, schließt die Augen, lauscht. Durch die offene Gartenhaustür hört er einen Amselstreit im Baum des Nachbarn, den Helikopter, der das Spital anfliegt, die Bässe von Nicks Lautsprecher drüben im Haus, ein Gelächter, das nach Inge und Tarek klingt. Er hat genug vom Verfassen von Mäkle-Briefen – sieben Stück hat er jetzt beisammen –, es versaut ihm den sanften Abend in seiner Klause. Inge nennt das Gartenhaus so, seit er es annektiert hat. Klause ist nicht schlecht, passt zum Mönch Heiner.

Ohren sehen gut
Noch besser hören Augen
Streichle mich, Abend

Haiku 147 kommt in die Mappe hinter dem geretteten Nähtisch, wo auch die gesammelten Mäkle-Briefe versteckt sind. Dort schnüffelt niemand. Der Nähtisch sieht noch recht erbärmlich aus, zwei Beine wackeln. Aber das Nachttischchen hat Heiner schon mal mit Holzwurmspray behandelt und die Löcher mit Wachskitt verschlossen. Jetzt riecht es nicht mehr nach damals.

Seit Tarek im Kellerzimmer eingezogen ist, gehen für Heiner neue Räume auf, nicht nur der Bastelraum im Gartenhaus, auch Denkräume, in die er sich erst zögerlich und dann begierig hineinbegibt. Zum Beispiel in die Vorstellung, er haue ab. Früher hat er sich auch schon ausgemalt, er habe Inge eine Nacht lang zappeln lassen und sei als Gewinner wieder zu Hause eingekehrt. Jetzt aber baut er sich in seiner Vorstellung mit großer Raffinesse eine neue Existenz auf, eine neue Identität, in British Columbia, mit anderem Haar, anderer Moral, anderer Frau. In einem weiteren Denkraum, den er hemmungslos vergrößert, wird er Sprecher einer schwarzen Weltordnung, legt seine Political Correctness ab, drischt lustvoll auf faule Asylanten, dümmliche Weiber und naive Gemüsefresser ein und brilliert in Talkshows. Und dann ist da noch der Denkraum des einstmals jungen Heiners, den er aus der Tiefe holt wie ein versunkenes Schiff und nach Träumen absucht.

»Was denkst du?«, sagt Inge manchmal, wenn er lange kein Wort mehr gesagt hat.

»Nichts, warum?«

Vom großen Unbekannten in der Garage gibt es noch immer nichts Neues. Ein Beamter war da, hat das Auto nach Spuren untersucht, hat sich wichtig gemacht. Inge hat schon zweimal bei der Polizei angerufen, auch im Spital, aber da geben sie keine Auskunft. Die Frage, wer zu verdächtigen ist, geistert weiterhin durch die Köpfe.

Noch sieben Wochen bis zu den Sommerferien und noch keine Pläne. Inge meinte, sie würde eigentlich gern mal hierbleiben, die Stadt sei im Sommer so schön leer und all das. Nick und Josch protestierten. Was sie denn wollten, fragte Heiner. »Ein Haus am Meer mit zehn Zimmern, einem Pool, einem Butler und einem Heimkino«, sagte Nick. »Nein«, sagte Josch, »im Camper rauf nach Finnland zum Lachsfang.« »Genau«, sagte Nick, »und du fährst.« Dann rauften sie sich ziemlich zärtlich.

Heiner ist immer gern mit seinen drei Menschen in die Ferien gefahren, jetzt ist ihm etwas bang davor, irgendwo zu sein, wo man einander nicht ausweichen kann.

Inge

Der Zahnarzt, dem Tarek behördlich zugewiesen worden ist, praktiziert am anderen Ende der Stadt. Inge hat Tarek angeboten, ihn im Bus zu begleiten, um ihm den Weg zu zeigen. Sie sitzen nebeneinander und werden begutachtet von einem alten Paar vis-à-vis. Inge versucht sich auszumalen, was die beiden Alten über sie und Tarek denken:

Er ist zehn Jahre jünger, eindeutig, die ist bestimmt weit über vierzig, aber heutzutage ist das ja gang und gäbe, dass solche Frauen gerne so einen im Bett haben, fragt sich dann nur, wer das Geld heimbringt, er oder sie, er sieht nicht aus wie ein Großverdiener, ist vielleicht ein Ausländer, der sich hier einschleicht, hat ihr schöne Augen gemacht. Mal abwarten, bis sie miteinander reden, dann hört man, wo er herkommt, also aus Schweden ist der nicht. Die schweigen vor sich hin, womöglich haben sie sich gestritten, aber so, wie sie nebeneinandersitzen, sieht es eher nicht danach aus, die Oberarme eng aneinander, die Oberschenkel auch, vielleicht auch nur, weil die Sitze so eng sind, früher war es nicht so eng in den städtischen Bussen. Sie schaut aus dem Fenster, er geradeaus, doch jetzt dreht er den Kopf in ihre Richtung, sagt er etwas? Nein. Aber sie. »Noch zwei Stationen«, hat sie gesagt, also sie ist schon mal von hier. Wo die so früh am Morgen wohl miteinander hinfahren, die waren bestimmt eben noch zusammen im Bett …

Beim Aussteigen lächelt Inge erst den Alten an, dann die Alte. Heiner und sie haben etwa noch dreißig Jahre, bis sie so aussehen wie die beiden. Es ist heiß in diesem Mai, in diesem Bus, doch Tareks glatter, nackter Arm ist kühl, sie hält ihn beim Weitergehen noch eine Weile fest.

»Ich weh«, sagt Tarek vor der Tür der Zahnarztpraxis, ich auch, denkt sie, aber Tarek hat natürlich seine Zähne gemeint, den Kiefer, den man ihm im albanischen Gefängnis eingeschlagen hat. Sie lässt ihn noch einmal aufsagen, wie er den Rückweg findet. »Tung!«, sagt sie. Das heiße Tschüss, hat er gesagt.

Um zehn Uhr steht sie vor der Schulklasse und merkt, dass sie falsch gepackt hat. Statt der Arbeitsblätter für die 1A hat sie die Prüfungsblätter für die 2B dabei. Das ist ihr noch nie passiert. Sie hat sich beeilen müssen in der Früh, um mit Tarek den Bus zu erwischen, hat noch Josch angeschnauzt, weil er seine Milch in die Spüle leerte, und Nick ein frisches T-Shirt zugeworfen, weil er nach Schweiß roch. Und jetzt steht sie vor der Klasse ohne etwas und muss improvisieren. Siebzehn Gesichter schauen sie an, warum nicht ein Diktat, denkt sie, da klopft es, und vor der Tür steht die Sturzenegger vom Elternbeirat. Auch das noch. »Kleiner Besuch«, sagt die Sturzenegger vollsüß, »lassen Sie sich nicht stören.« Ich lass mich aber stören, denkt Inge wütend.

Die Stunde schleppt sich dahin, untermalt vom ewig gleichen Gekicher der Mädchen in den hinteren Reihen. Inge lässt Sätze an die Tafel schreiben und übersieht insgesamt vier Fehler. Die Sturzenegger hat sie zum Schluss vollsüß drauf aufmerksam gemacht.

Auf einmal ist Inge alles egal.

Nick kommt ihr still vor heute Abend, stiller als sonst, stochert schweigend in den Teigwaren. »Ellbogen runter«, sagt Heiner, und Nick lässt wortlos die Arme nach unten rutschen. »Was Neues in der Schule?«, fragt Inge. Nick schüttelt den Kopf. Vielleicht macht diese Nora Probleme, vielleicht sieht er endlich ein, dass sie nicht die Richtige für ihn ist. Inge stellt sich vor, wie sich die beiden umarmen irgendwo in der Stadt, wie Nora einen Kuss auf Nicks schönen Mund schmiert, und plötzlich fallen ihr die zwei Alten im Bus von heute Morgen ein und was die allenfalls gedacht haben beim Anblick von ihr und Tarek. Sie muss Nick in Ruhe lassen. Wie den Osterzopfteig: ruhen lassen.

Nick

»Was Neues in der Schule?« Er hasst die Fragerei. Inge und Heiner sagen ihm ja auch nicht dauernd, was gerade in ihren Köpfen vorgeht. Sie sollen doch einfach froh sein, dass er gut ist in der Schule, fertig. Was Neues, was Neues. Man will ihn abwählen als Klassensprecher, dreizehn von fünfundzwanzig wollen ihn nicht mehr. Die Abstimmung war anonym, und so weiß er nicht, wer die dreizehn sind. Echt öd, das Gefühl, nicht mehr gemocht zu werden. Ernesto, immer treu an seiner Seite, hat gehört, Nick schleime bei den Lehrern, sei zu nett. Die letzte Physikprüfung sei viel zu schwer gewesen, auch die Französischtests, und Nick wehre sich nicht, sei ein Weichei. Ernesto will Nick aber nicht verraten, wer so denkt. »Vergiss es«, sagt Ernesto, »bei der nächsten Wahl bist du bestimmt wieder dran.«

Zum Glück ist Nora nicht in seiner Klasse. Sie weiß von nichts, will auch nichts wissen. Alles, was in der Schule abläuft, scheint ihr ziemlich egal zu sein. Er hat sie noch nie gefragt, was für Noten sie hat. »Eine Furzbisvier in Mathe und eine Kackbisfünf in Deutsch«, irgend so was würde sie antworten. Wenn sie Tareks Übungsblatt durchliest, sieht sie viele Fehler nicht. Nick traut sich dann kaum, diese noch zu korrigieren.

»Kampf!«, ruft er und wirft sich zu Josch aufs Bett, packt ihn, und sie rollen über den Bettrand zu Boden. Josch schreit auf: »Nein-nein-lass-mich!«, das heißt: Ja-ja-weitermachen! Sich balgend rollen sie über den Boden, und als sie halb unterm Tisch liegen bleiben, spürt Nick etwas Hartes in Joschs Hosentasche. »Was hast du da?« »Nichts.« »Zeig.« Josch zieht eine Uhr aus der Tasche, eine schwere Herrenarmbanduhr mit Metallband. »Hab ich gefunden«, sagt er. Nick stutzt. Warum hat Josch so einen teuren Klumpen von Uhr in der Tasche und sagt es niemandem? »Ich gehe morgen ins Fundbüro«, sagt Josch und steckt die Uhr wieder ein. Wo er denn das Ding gefunden habe, will Nick wissen. Ach, irgendwo beim Eschenplatz, lag am Boden. Wann denn? Gestern oder vorgestern.

Nick weiß nicht, was er von Josch und der Uhr halten soll. Aber warum sollte Josch so etwas erfinden? Lange haben er und Josch alles voneinander gewusst, haben zusammen eine Welt gehabt ohne Zutritt für andere. Damit ist es wohl vorbei.

Er habe die Uhr abgegeben, sagt Josch am nächsten Abend. »Vielleicht bekommst du Finderlohn«, sagt Nick, »die ist ganz schön was wert.« »Vielleicht«, sagt Josch, geht in sein Zimmer und macht die Tür zu. Etwas ist los mit ihm, denkt Nick, vielleicht müsste ich ihn fragen.

Nora lässt sich ein Tattoo stechen. Will wissen, ob er mitkomme ins Studio. Nein, lieber nicht. Er hat ihr das Tattoo ausreden wollen, er finde Tattoos fraglich, hat er gesagt, weil man sie nicht mehr wegmachen kann. Aber eigentlich stört es ihn nur, weil Inge dann wieder was an Nora auszusetzen hat.

»Was willst du dir stechen lassen und wo?« »Überraschung. Du kannst es dann suchen.«

Am Montag in der Zehnuhrpause kommt Nora auf ihn zu, »such«, sagt sie. Nick sieht nichts, geht einmal um Nora herum, sieht nichts, kein Tattoo. Er hebt im Ausschnitt das T-Shirt ein bisschen an, nein, auch da nichts, blickt noch ein bisschen tiefer, sieht den weißen Busen, schwapp, schwapp. »Stopp«, sagt Nora, »die anderen schauen schon her.« Sie streicht das Haar im Nacken hoch, und da sieht er es: ein Herz, blau, klein, wirkt fast wie ein Tintenklecks. Soll er das jetzt schön finden? »Schön, nicht?«, sagt Nora.

Juni

Inge

Heiner hat ein Haus am Lago Maggiore gemietet. Ohne sie zu fragen. Für zwei Wochen.

»Aha«, sagt sie. »Freu dich«, sagt er. Das Haus liege direkt am Wasser, fünf Zimmer, Garten, Bäume. Die Villa Amalis. Ein Schnäppchen. Igor hat es für sich gemietet und überlässt es nun Heiner, Anzahlung inbegriffen, weil er statt an den Lago Maggiore nach Holland fährt, wo seine Schwiegermutter gerade stirbt. »Wie nett von ihr«, sagt Josch. »Und was machen wir dort?«, fragt Nick. Direkt daneben sei ein Campingplatz, da würden Segel- und Windsurfingkurse angeboten. Igors hätten in der Villa Amalis schon einmal Ferien gemacht. Sie fänden es großartig. Und in Italien sei alles so günstig. »Italien?«, fragt Inge. »Ja, bella Italia«, sagt Heiner, »gleich hinter der Schweizer Grenze, keine lange Fahrerei, ideal.« Inge atmet lange aus. »Dann muss Tarek hierbleiben«, sagt sie, und am Tisch bleibt es still, bis Nick sagt »Hoffentlich«.

Inge ist so wütend, dass sie am liebsten streiken würde. Sollen die drei doch ohne mich in die verdammte Villa fahren. Man kann mit mir nicht einfach alles machen, das sollen sie spüren, vor allem Heiner. Sie wird heute keinen

Finger mehr rühren in dieser Küche, mal sehen, ob jemand aufräumt. Aus dem Tiefkühler holt sie den restlichen Geburtstagskuchen und versteckt ihn im Backofen. Morgen früh wird sie ihn Tarek bringen. Weil ihr nichts Besseres einfällt, geht sie ins Bett, es ist erst halb neun und noch hell. Trotz ihrer Wut kommt der Schlaf.

Leise stellt sie den Kuchen vor Tareks Tür, da geht die Klinke runter, und Tarek macht auf. Er trägt nur eine Unterhose, Boxershorts. Inge versucht, ihn nicht anzustarren. So halb nackt schaut er kräftiger aus als in Kleidern. »Hast du mich gehört?«, fragt sie verlegen. »Ohr gut. Du Kaffee?«, sagt Tarek und bittet sie mit ausholendem Arm herein. Sie setzt sich auf den einzigen Sessel, ein letztes Stück aus Ömcs Haushalt, und sieht zu, wie Tarek zwei Becher mit Pulverkaffee füllt. Sein Rücken ist muskulös, seine Haut braun, die Beine sind dunkel behaart, auch die Waden. Umständlich erklärt Inge, das sei eigentlich Heiners Kuchen, er wünsche guten Appetit. Warum lüge ich Tarek so was Blödes vor, denkt sie, und dann lügt sie weiter. »Es tut ihm leid, dass er nicht mehr Zeit mit dir verbringt, aber er hat gerade sehr viel zu tun.« Tarek setzt sich auf die Bettkante. »Ich vielleicht Arbeit«, sagt er, und seinen unfertigen Sätzen entnimmt Inge, dass der Hauswart von Kirche und Kirchgemeindehaus einen Assistenten suche. Frau Zumhoff werde sich bemühen, dass Tarek diesen Job bekommt. Jetzt, mit dem F-Ausweis, hat er Chancen. »Das ist ja wunderbar«, sagt Inge, steht auf und legt ihm kurz die Hand auf die Schulter.

Sie merkt wohl, dass Heiner denkt, Tarek habe etwas mit dem Garagenmann zu tun. Er hat zwar nie so etwas gesagt, aber wenn Heiner nichts sagt, sieht Inge ihm an, was er sagen würde. Zumindest glaubt sie, es ihm anzusehen. Sie hat zwanzig Jahre Zeit gehabt, in seinem Gesicht zu lesen. Besonders geärgert hat ihn, dass sie bei der Polizei ihre Ferienadresse hinterlegen müssen. So als wären sie alle verdächtig. Tarek ist am Abend nach der Einvernahme noch zu ihr in die Küche gekommen, noch immer im weißen Hemd, hat die Hände über der Brust gekreuzt und erneut gesagt »Ich weißen nicht«. Ja, ich weißen das, hätte sie beinahe gesagt. Sie hat ihn nicht gebeten, Platz zu nehmen, aus Angst vor Heiners Laune.

Wenn doch der geheimnisvolle Mann im Spital nur endlich aufwachte.

Wäre die blöde Villa noch auf der Schweizer Seite des Lago Maggiore, hätte Tarek sie da besuchen können. Aber für Italien müsste er einen internationalen Reiseausweis für Flüchtlinge beantragen, das ist zu umständlich. Und Heiner und die Jungen wollen ihn ohnehin nicht dabeihaben. Inge malt sich aus, wie sie und Tarek durch den Markt in Luino geschlendert wären und allerlei eingekauft hätten, was an Albanien erinnert. Wie sie abends am Ufer gestanden und über die Weite des Sees geblickt hätten, und Tarek hätte gesagt »Fast wie Meer«. Wie sie im morgenkühlen Wasser geschwommen wären und Inge ihm danach ein großes Badetuch umgelegt und ihm den Rücken trocken gerieben hätte.

Vielleicht kann er gar nicht schwimmen.

Sie weiß erst wenig von ihm.

Er hat eine Frau.

Und auf der linken Schulter ein Muttermal.

Nick

Heiners Bekanntgabe gestern beim Abendessen: Jetzt, da sie in den Ferien so ein großes Haus hätten, könnten doch Nick oder Josch noch jemanden mitnehmen. Oder beide, ergänzte Inge und blickte nach oben, als würde da ein Spruchband vorbeigezogen: Schaut mal her, wie großzügig wir sind.

Für Nick kommt nur Nora infrage, ob Inge das passt oder nicht. Aber Noras Mutter macht Schwierigkeiten. Nora soll mit ihr nach Rumänien. Wer das überhaupt sei, dieser Nick. Und nun muss Nick bei Noras Mutter antraben, damit sie ihn begutachten und beschnuppern kann wie einen rumänischen Schafschinken.

Er hat sich besonders sorgfältig angezogen: die Jeans ohne Loch, weißes Kragenshirt, selber gebügelt, die weißen Sneakers, geputzt. Sollte er etwas mitbringen, vielleicht eine Marmelade von Öme? Nein, zu blöd. Als er klingelt, macht nicht Nora auf, sondern ein Mann, das muss ihr großer Bruder sein. Er schiebt Nick ins Wohnzimmer und verschwindet. Auf dem Sofa sitzt Nora mit einem Gesicht, das nicht zu ihr passt, und ruft »Mama!«, als rufe sie in den Wald hinein. Auf dem Sofatisch stehen eine Schale mit Salzgebäck und drei Gläser. Mama kommt in einem Kleid aus viel rotem Stoff hereingesegelt, schwingt eine Flasche Cola und grüßt enorm munter. Sie lässt die Cola von hoch oben in die Gläser sprudeln und schiebt das Gebäck zu Nick. Jetzt beginnt das Verhör, denkt er. Aber Frau Valle erzählt bloß, was sie heute an Unhöflichkeiten im Bus erlebt hat und dass sie sich freut, nach Rumänien zu fahren, dort seien die Leute so viel freundlicher. »Nora sagt, ihr fahrt nach Italien? Und sie ist eingeladen?« Nora lässt einen gut hörbaren Colarülpser entweichen. Wie zum Einklappen der Ohren verzieht Frau Valle heftig das Gesicht, und sie steht auf. »Nun, das kommt leider gar nicht infrage. Nora wird uns nach Rumänien begleiten. Aber sag deinen Eltern schönen Dank.« »Mama!«, ruft Nora wieder in den Wald hinein. Doch Frau Valle kommt nicht wieder. »Ich hab's dir ja gesagt«, sagt Nora. »Nichts zu machen. Irgendwann hau ich ab.«

Im Treppenhaus küssen sie sich, saugen einander die Colamoleküle von der Zunge, und Nora greift sich von oben ins T-Shirt, holt eine Brust heraus und lässt sie über den Ausschnitt hängen wie einen Kindergeburtstagsballon.

Arme Nora. So werden wie Frau Valle möchte er nicht. Die war vielleicht mal ein niedliches Kind. Wie wird man was. Wie wird man wer. Nick weiß niemanden, der so ist, wie er mal sein möchte. Er schaut sich die an, die er kennt, die er liebt, und ist zum Schluss ein anderer als alle, ein Fremder.

In der Schule lesen sie jetzt Camus, das Deutschthema des Sommers ist »Fremdheit und Identität«. Die Lehrerin hat jedem einen entsprechenden Aufsatz aufgebrummt. Nicks Aufgabe hat den simplen Titel »Wer bin ich?«, und alle beneiden ihn. Easy, das hat er auch gedacht, aber er bringt nicht mal die erste Zeile zustande. Die erwarten etwas Gescheites. »Ich heiße Nick Dreher, habe eine Katze und esse gerne Essiggurken«, das reicht nun nicht mehr.

Ich bin der, den die anderen sehen. Sehen die anderen einen anderen?

Josch

Cool, Pietro kommt mit nach Italien, seine Alten waren gleich einverstanden. Nicht so Inge. Sie sagt: »Wäre es nicht netter mit dem kleinen Alexander?« und »Jürg käme bestimmt auch gerne, den hast du doch immer so gut gemocht« und »Passt er denn zu uns, dieser Pietro?«.

In diesem Haushalt soll immer alles passen. Die Katze zum Teppich und der Teppich zum Sofa und das Sofa zu

Inge und Inge zum Mann und der Mann zur Katze. Nein, Pietro passt nicht, aber Pietro ist cool. Inge wird sich an ihn gewöhnen. Ihr Tarek passt ja auch nicht, und trotzdem hat sie ihn ins Haus geholt. Wenn sie wüsste, welche Schnulzen er sich anschaut und welchen Junk er die ganze Zeit foodet. Josch geht gerne zu ihm ins Kellerzimmer. Mit Tarek kann er über Dinge lachen, die gar nicht witzig, sondern einfach nur blöd sind. Zum Beispiel Tareks Tattoo auf der rechten Hinterbacke: ein Kussmund. »Warum so ein Mund?«, fragt Josch. »Billig«, sagt Tarek, »und einfach.« Und es sei schön, dort geküsst zu werden. »Schön dort kussen.« Josch kann sich kugeln vor Lachen auf Tareks Bett. Die Decke riecht mal nach Pizza, mal nach Käse, Tarek isst immer auf dem Bett. Einmal hat er die Decke waschen wollen in der gemeinsamen Waschmaschine. Er hat etwas falsch eingestellt, und es hat eine Überschwemmung gegeben. Heiner hat sich nicht drum gekümmert, Inge und Josch haben aufgewischt. Und danach hat Inge zu Tarek gesagt: »Lass mich für dich waschen, bitte.« Es klang wie in einer dieser Fernsehschnulzen.

Pietro geht jetzt in eine neue Schule. Von der letzten ist er geflogen, er sagt nicht, warum. Die neue Schule ist auf der anderen Stadtseite. Und schweineteuer, sagt Pietro. Das stört ihn, denn seine Alten seien nicht schweinereich, und die Schule habe nicht mal eine eigene Turnhalle. Wenn

Josch und Pietro zusammen unterwegs sind, reden sie selten über Schule und schon gar nicht über so etwas wie Hausaufgaben. Dann sind sie auf der Suche nach geeigneten Wänden für ihre Botschaft.

DUCK
DICH

Pietro hat die Schablone fabriziert. Von Josch ist der Text. Pietro wollte irgendwas mit Fick oder Fuck, aber Josch war dagegen und verwandelte das Fuck in Duck. »Duck dich, das ist es«, sagte er, »passt überall hin, überall musst du dich ducken, vor irgendwem oder -was, einem Chef, einem Lehrer, einem Verbot oder sonst einem Mist.« Pietro fand, es müsste doch eher heißen: Duck dich nicht. »Nein«, sagte Josch. »›Duck dich‹ ist erstens besser, weil ironisch, und zweitens schöner, weil kürzer.« Worauf Pietro beeindruckt nickte. Und so sind sie nun zusammen unterwegs, wann immer es geht, mit Schablone und Spraydose. Josch hält die Schablone, Pietro sprayt. Rot. Dann rennen sie weg oder schreiten von dannen. Sie werden immer unvorsichtiger, haben sich bereits in eine Bank, in zwei Schulhäuser und in ein Bürogebäude an der Bahnhofstraße gewagt.

»Was hast du da Rotes an der Hand?«, fragt Inge.

»Bloß Blut. Schlägerei.«

»Gab's Tote?«

Heiner

Frau Mäkle hat Urlaub, sie wandert in den Cinque Terre, schiebt die dicken Oberschenkel vor und vor und vor, zwei Wochen lang. »Schöne Ferien«, hat Heiner gewünscht und gedacht: Ertrinken Sie gut. Ja, meinte Frau Mäkle, die Ferien würden bestimmt schön, ihr Freund habe Verwandte da und die hätten ein Segelboot. Heiner hat nicht gewusst, dass sie einen Freund hat. Das ist doch recht erstaunlich, so als niste ein Vogel in der Spüle. Am Morgen ins Büro zu gehen ist jetzt das pure Glück. Und zu Hause könnte er alle umarmen. Inge wird etwas steif, als er ihr um den Hals fällt. »Hast du was?«, fragt sie. »Ja, dich.«

Er lädt Tarek ein, mit ihm einen Film anzuschauen: Albanien einst und heute. Sie sitzen nebeneinander auf dem Sofa, Herrn Petermann zwischen sich. Tarek trinkt reichlich Rotwein, und nach der Schlacht auf dem Amselfeld schläft er ein. Heiner zappt sich in einen Krimi, und als der zu Ende ist, schüttelt er Tarek wach. »Das interessant, danke schön«, sagt Tarek und macht eine kleine Verneigung, als er geht. Er sieht gut aus, denkt Heiner, hat einen schönen Kopf.

Inge hat sich zurückgezogen, auch die Jungen sind schon in ihren Zimmern. Heiner setzt sich ins Gartenhaus, ohne Licht anzumachen, und trinkt den Rest des Rotweins. Nichts von Belang fällt ihm ein, er geht zurück ins Haus und kommt sich plötzlich vor wie einer, der leider nichts gewonnen hat.

Dass ihm Josch und Nick langsam entgleiten – das glaubt er zu spüren –, ist wohl nichts Außergewöhnliches. Sie gleiten in ihr Erwachsenenleben, Josch schneller als Nick. Aber auch Inge ist irgendwie am Wegdriften, ist nicht mehr so richtig bei und neben und mit ihm. Oder meint er das nur? Er hat ja gar keine Anhaltspunkte. Nächte mit Sex, ja, so was lässt sich zählen, und ja, sie sind seltener als früher. Aber das ist es nicht, was diese neue Distanz ausmacht. Es ist Inges vorzeitiges Abdrehen, wenn er sie umarmt. Es ist ihr Lachen, das immer eine Spur zu spät kommt. Es ist ihr Blick, der dem seinen manchmal ausweicht. Kann es sein, dass er ihr neuerdings auf die Nerven geht, aus Gründen, die er gar nicht kennt? Er weiß, dass es sie nervt, wenn er furzt am Tisch. Wenn er beim Zappen den Ton nicht leiser stellt. Wenn er bei Gelb noch über die Kreuzung fährt. Wenn er etwas Abschätziges über Frauen sagt, die Mäkle mal ausgeschlossen. Wenn er die Zeitung nicht wieder zusammenfaltet. Wenn er Josch und Nick einmal mehr erzählt, wie seine Eltern sparen mussten. Wenn, wenn. Seltsamerweise stört es sie nicht, dass er schnarcht oder nach dem Kochen ein Chaos hinterlässt. »Reden Sie mit Ihrer Frau«, würde ein Eheberater sagen. Aber reden worüber, wo es doch nichts gibt, worüber zu reden wäre. Inge ist schön und tüchtig und freundlich wie immer. Er schaut ihr eine Weile zu, wie sie schläft. Nochmals ein Kind mit ihr – ob das ginge? Sie hat den Kopf in der Armbeuge, das Haar überm Gesicht, die Füße auf der Decke, verschränkt. Alles wie immer.

Er will ihr wieder einmal ernsthaft sagen, dass er sie liebt.

Inge

Josch kommt abends immer später nach Hause, oft ist er erst da, wenn das Essen auf dem Tisch steht. Dann knallt er seinen Rucksack in die Ecke und ruft »Hunger!«. Wenn Inge fragt, wo er so lange gesteckt habe, hat er ganz plausible Antworten. Er war länger in der Schule, hat für den Lehrer Kopien gemacht, Theaterkulissen herumgeschoben, noch ein Lied geprobt. Oder er war in der Stadt, hat Ersatzminen gekauft, einem Schlagzeuger zugehört, zwei ehemalige Mitschüler getroffen. Doch Inge kann ihm nicht recht glauben, sie hat das Gefühl, er treibe irgendwas Heimliches. Sie hat Nick gefragt. Nick weiß von nichts. Und Heiner findet, sie solle Josch einfach in Ruhe lassen, er sei doch kein kleines Kind mehr. »Solange er nicht zugedröhnt nach Hause kommt …« Heiner macht sich lustig über Mama Inge und imitiert ihre Fragerei. »Joschili, hast du geduscht, alles eingepackt, die Füße angezogen und den Kopf angeschraubt?« Soll er sich lustig machen, aber dann bitte nicht ihr die Schuld geben, wenn etwas schiefläuft, wenn Josch von der Schule fliegt oder an falsche Freunde gerät. Dieser Pietro gefällt ihr schon mal gar nicht. Und ausgerechnet der kommt nun mit nach Italien.

Heiner mäkle gar nicht mehr, findet Nick, worauf Josch sagt, wahrscheinlich habe er die Mäkle umgebracht. »Nein, sie ist in den Ferien«, sagt Inge. Die Jungen haben lange gemeint, Mäkle sei ein Spitzname, aber sie heißt tatsächlich so. Inge hat langsam genug von diesem Thema. Sie kann ja verstehen, dass einem jemand auf die Nerven geht, aber Heiner übertreibt. Er suhlt sich geradezu in seiner Abneigung. Was hat die Frau ihm denn eigentlich angetan? Nichts Nennenswertes, oder doch? Am Anfang hat Inge noch irgendwie mitgelitten, wenn Heiner sagte: »Ich halte diese Frau nicht mehr aus.« Aber dann wurden seine Bemerkungen oft ganz allgemein frauenverachtend, und Inge musste sich wehren. »Jetzt nimmst du diese … diese … diese Person auch noch in Schutz«, schimpfte Heiner, »nun, ich sage ab sofort nichts mehr.« Tat er aber doch. Als Inge vorschlug, vielleicht müsste man die Mäkle mal einladen an den Familientisch, mit zwei, drei anderen vom Büro, rannte Heiner schreiend aus der Küche, und Nick und Josch rannten schreiend hintendrein. Inge überlegt sich, ob sie auch solche Mäkles hat in ihrem Leben, Personen, die sie nicht riechen kann, nein, hat sie nicht. Und wenn, würde sie bestimmt nicht so einen Tanz veranstalten wie Heiner. Manchmal kommt es ihr vor, als sei er schwerer zu verstehen als früher.

In Joschs Klasse machen sie eine Umfrage, wer sich von Werbung verleiten lasse. »Alle«, findet Heiner, »wir auch, wir werden dauerberieselt mit Werbung, merken es nur nicht.« Inge meint, sie sei immun. Sie kaufe, was auf ihrem Einkaufszettel stehe, fertig, Punkt. »Und was schreibst du auf den Einkaufszettel?«, fragt Nick. »Das, was du in der Werbung gesehen hast, oder etwa nicht?« Josch drängt, sie sollten jetzt endlich sagen, auf was sie reingefallen seien. Er müsse die Aufgabe morgen abgeben. Wenn er wüsste, denkt Inge. »Auf Paprika-Chips«, sagt sie. »Auf Mais-Chips«, sagt Heiner. »Auf Speck-Chips«, sagt Nick. »Ihr seid blöd«, sagt Josch, »ich geb auf.« Wenn er wüsste, denkt Inge wieder. Night Anti-Aging Creme Mare Blu with Green Caviar Algae Extract. 154 Franken. Gestern gekauft, und die Quittung gleich weggeworfen. Geht niemanden was an. Dass sie schön sein will. Jung. Begehrt.

Nick

»Niiick!« Inges Ruf aus der Küche, laut genug, dass er ihn oben hören kann. Nick rührt sich nicht. Inge ruft nur einmal. Wenn er nicht antwortet, nimmt sie an, dass er an einer wichtigen Arbeit sitzt. Er liegt aber, liegt auf dem Bett und denkt. Wer bin ich. Er bräuchte endlich einen guten Anfang für den leidigen Aufsatz. Wer bin ich. Ich bin der, dem kein Anfang einfällt. Nora ist die mit dem Herz im Nacken. Öme ist die mit dem Herz, das flimmert. Heiner ist der Sohn von der mit dem Herz, das flimmert. Inge ist die Mutter von dem, dem nichts einfällt. Und Josch? »Jooosch!«, ruft Inge. Keine Antwort. »Jooosch!« Ihn ruft sie mehr als einmal. Aber sie kann lange rufen, Josch treibt sich irgendwo rum. Oder tut so, als höre er nichts. Behauptet nachher, das sei wegen der Kopfhörer.

Nick steht auf und schaut zu Josch ins Zimmer. Der hat tatsächlich die Kopfhörer auf. »Wer bist du?«, fragt Nick. Josch streift die Hörer vom Kopf. »Hast du Alz? Ich bin Frau Zumhoff.« »Ich meine«, sagt Nick, »wenn du dich fragst: ›Wer bin ich?‹, was antwortest du dann?« »Das ist eine blöde Frage in einer blöden Frage.« Nick bleibt wartend im Türrahmen stehen. »Wenn ich wüsste, wer ich wäre, wäre ich Josch Dreher.«

»Jooosch!«, ruft Inge wieder.

Nick eilt die Treppe runter, immer zwei Stufen aufs Mal, und schaut in die Küche. »Wo steckt ihr nur alle«, sagt Inge, »da hat man drei Männer im Haus, aber wenn man einen braucht, kommen sie nicht aus ihren Löchern.« Der Kühlschrank steht schräg im Raum, und Nick soll helfen, ihn zurück an die Wand zu schieben. Warum er schräg stehe, will Nick wissen. Weil sie dahinter geputzt habe, sagt Inge. »Warum putzt du hinter dem Kühlschrank?«, fragt Nick. Inge seufzt. »Wenn ihr wüsstet, was ich alles putze.« »Was wär dann?« Er solle nicht frech werden, sagt Inge, und Nick weiß nicht recht, warum sie das sagt, und verzieht sich nach draußen. Sommerabend, irgendetwas duftet, irgendjemand zwitschert. Die Tür von Heiners Klause ist offen, Heiner sitzt an seinem wackligen Tisch. »Was machst du?« »Ich würde gern ein Haiku machen«, sagt Heiner. »Ein was?« Ein Haiku sei eine Gedichtform, drei Zeilen zu fünf und sieben und fünf Silben, komme aus Japan. »Und was tust du damit?« Heiner lacht. »Ich werf es in den Papierkorb.« Haikus zu schreiben sei schwierig, darum schmirgle er statt an Zeilen an Stuhlbeinen. »Drei Zeilen, so kurz, und das soll dann gut sein?«, sagt Nick. Es gehe nicht um Kürze, es gehe um Vollkommenheit, es gehe um die kompakte Form, welche eine Gesamtheit von Erfahrungen und Empfindungen in sich einschließe. »Verstehst du?«, sagt Heiner und greift nach der Weinflasche unterm Tisch. Nick schüttelt den Kopf. »Schneeflocken zum Beispiel, alle klein, alle verschieden, alle ein Universum.« Nick hat Heiner noch nie so philosophisch erlebt, vielleicht macht das der Wein. Oder der stille Sommerabend. Es ist eigenartig, wie geschmeidig Wörter wie Schönheit, Weisheit, Trauer, Freude über Heiners Lippen kommen.

Was Heiner draußen mache, will Inge wissen. »Er hat ein Stuhlbein in der Hand und redet über Schneeflocken.«

Juli

Heiner

Er weiß nicht, warum ihn das Fahren so müde macht. Letztes Jahr war das nicht so, da ist er munter bis nach Hamburg geprescht. Jetzt hat er schon nach einer Stunde einen Kaffee gebraucht, und Inge, Josch und Pietro haben ihn lustlos ins öde Urner Autobahncafé begleitet. Pietro ist gar nicht so übel, wie Inge noch gestern geunkt hat, bewegt sich kaum auf dem Rücksitz, starrt in sein Handy. Nick hat darauf bestanden, den Zug zu nehmen, vier Stunden eingeklemmt neben Josch und Pietro, das halte er nicht aus. Morgen werden sie ihn an der Busstation Maccagno abholen. In Airolo gibt es einen weiteren Zwischenhalt. Sie haben eine Stunde im Stau gestanden, »jetzt haben wir uns etwas Gutes verdient«, sagt Inge etwas zu munter. Heiner erschrickt, wie viel das bisschen Essen kostet, vier Hamburger und sechs Cola, unverschämt. Hoffentlich wird es in Italien billiger. Josch sagt, er habe immer noch Hunger, Pietro nickt. »Wie es Herrn Petermann wohl gehen wird im leeren Haus«, sagt Inge. »Tarek wird ihn schon nicht braten«, sagt Heiner. Pietro lacht. Wenn Pietro lacht, lacht Josch auch. Irgendwie stört das. Heiner findet, es müsste umgekehrt sein.

Noch eineinhalb Stunden bis an die Grenze. Jenseits der Grenze, jenseits der Grenze … fünf Silben, könnte ein Haiku werden.

Nach den zwei Wochen jenseits der Grenze wird er im Büro wieder die Mäkle und zu Hause wieder Tarek vorfinden. Heiner war es nicht wohl, als Inge Tarek die Hausschlüssel überreichte. Warum nicht Öme nach dem Rechten sehen könne, sagte er, und Inge meinte, das wäre beleidigend für Tarek, wo er doch bei ihnen wohne und sich freue, von Nutzen zu sein. »Ich weiß nicht«, sagte Heiner, und der Zweifel schraubte seine Stimme hoch, »nachher riecht das ganze Haus nach Tarek.« »Tarek riecht gut«, sagte Inge.

Tarek riecht gut. Hat sie gesagt. Heiner kann es nicht fassen. Dass jemand stinkt, merkt man von Weitem. Aber wie nah muss man jemandem kommen, um wahrzunehmen, dass er gut riecht? Tarek riecht gut. Ist es tatsächlich möglich, dass Eifersucht angesagt ist auf den armen Albaner? Auf einen hergelaufenen Ex-Polizisten? »Du fährst zu schnell«, sagt Inge. »Willst du fahren?«, gibt Heiner zurück. »Bitte nicht«, ruft Josch vom Rücksitz, »mir ist schon schlecht genug.« Pietro lacht. Dann auch Josch, wenn auch etwas leiser.

Da ist er also, der Lago, schimmert dunkel unter gipsweißem Himmel. Bei der erstbesten Möglichkeit zweigt Heiner von der Straße ab Richtung Ufer. Josch geht gleich ans Wasser, zieht die Schuhe aus, Pietro pinkelt ins Gebüsch, Inge lehnt sich gegen das Geländer, blickt hinüber nach Ascona, sagt »Weißt du noch«. Klar, weiß er noch.

Inge

Tareks Frau bekommt ein Kind. Er hat es gesagt, nachdem Inge ihm das Haus gezeigt hat, die Pflanzen, die zu gießen sind, die Räume, die er lüften soll. »Frau Kind.« Wie? Wer? »Mitte von August Frau bekommen Kind.« Inge hat sofort gerechnet: Am 19. November ist er geflohen, das geht auf, das sind dann neun Monate. Seine Frau bekommt ein Kind. Somit bekommt auch er ein Kind. Er hat die Frau noch blitzschnell gevögelt, bevor er abgehauen ist, denkt Inge, während sie am Ufer des Lago Maggiore steht und hinüber nach Ascona blickt. Hinter Ascona, auf einer Wanderung durchs Centovalli, ist Nick entstanden. Vor siebzehn Jahren. Eine Alp, Farnstauden, kitzliges Gras, ein Milan, kreisend.

Tarek bekommt ein Kind. Tarek hat ein Kind gemacht. Auf der ganzen Fahrt hierher in den Süden hat Inge an kaum etwas anderes gedacht.

Die Villa Amalis ist tatsächlich eine Villa, vielleicht hundert Jahre alt, mit Giebelchen und einem Türmchen und einem verschnörkelten Gartenzaun. Und sie steht tatsächlich direkt am Wasser, na ja, eine Straße ist noch dazwischen. Inge nimmt Heiner den Schlüssel aus der Hand und übergibt ihn Pietro, damit er aufschließe. Pietro stößt die Tür auf und entlässt einen gewaltigen tarzanischen Schrei ins Dunkle. Dann machen sie hastig die Fensterläden auf und nehmen das Haus in Besitz.

Pietro und Josch betteln um das Turmzimmer, aber dann halten die beiden eine leise Besprechung ab und wollen doch lieber ein Zimmer im Erdgeschoss, wo Glyzinienzweige durch die Jalousien wuchern. Heiner wählt für die Eltern das große Zimmer im ersten Stock, das einen Balkon mit einer Säulenbalustrade hat. Ob Inge einverstanden sei. Ja, ist sie, nachdem sie gesehen hat, dass da zwei Einzelbetten stehen. Nick darf also das Turmzimmer haben, gut so. Mittlerweile ist im weißen Himmel die Sonne aufgetaucht, und das düstere Wohnzimmer füllt sich mit Lichtsprenkeln. Während Heiner mit den Jungen auf der Suche nach einem Coop ins Dorf geht, legt Inge los. Sie schleppt die auf Kommoden bereitgelegte Bettwäsche ins Freie, damit sie besser riecht, sie dreht alle Wasserhähne auf, aus denen es erst rostig sprudelt. Sie verteilt die Gepäckstücke in den Zimmern. Im kleinen Zimmer im Erdgeschoss, das unbelegt geblieben ist, sind die Läden noch zu. Inge stößt sie mit Schwung weit auf, blassblaue Farbbrösel fallen ihr ins Haar. In den vertrockneten Rondellen im Garten findet sie ein paar lila Blüten, stellt sie in einem Kaffeekrug auf das Tischchen im kleinen Zimmer und setzt sich aufs Bett. Das ist der Platz für Tarek. Für Tarek, der nicht mitkommen durfte. Sie legt das Gesicht in die Hände und lauscht, wie das Wasser aus den Hähnen rauscht.

Nick

Nora ist an seinem Rücken eingeschlafen, er spürt es an ihrem Atem und an der Schwere ihres Arms. Der hängt schräg über ihm wie ein Sicherheitsgurt. Manchmal zuckt ihre Hand. Das Fenster ist weit offen, Nick glaubt die Ulme zu hören, ein Wispeln in der Krone: We did it, we did it.

Es war so einfach. Als Nora merkte, dass Nicks Familie weg war, zog sie sich entschlossen aus und rannte nackt durchs leere Haus, dreimal um den Küchentisch, Nick tat es ihr nach und fing sie ein. Er schloss seine Zimmertür mit dem Schlüssel ab und sperrte den Rest der Welt aus.

Auf dem Bett erst ein unschönes Gefummel, aber plötzlich war's, als würde von unbekannt der richtige Knopf gedrückt: Der Lift fing an zu ruckeln, stieg rasch hoch in den obersten Stock und darüber hinaus und verglühte. »Krass«, sagte Nora, bevor sie einschlief.

Es ist sechs Uhr dreißig abends, sommerhell, sommerwarm, sommerstill. Um acht muss Nora zu Hause sein. Heute Nacht fährt sie mit Mutter und Bruder im Bus nach Rumänien. Nick muss sie wecken, muss sie fortscheuchen, zack, weg und danke fürs große Süßbittersüß.

Unten ruft jemand. »Petermann? Petermann?« Das ist Tarek, der nun auf Katz und Haus aufpasst.

Seit gestern ist die Familie weg. Nick soll mit dem Zug nachkommen. Dann bis morgen, hatte Inge gesagt, als sie Nick beim Abfahren umarmte. Nein, nicht bis morgen, dachte Nick und gab sich Mühe zu nicken. Er hatte sich für den nächsten Tag schon alles zurechtgelegt, die Lüge vom verpassten Zug, den Nachmittag mit Nora im leeren Haus, den Sex. Und alles kam wie geplant und erhofft. Um vierzehn Uhr zehn ließ er die SMS an Heiner zischen: Leider Zug verpasst. Bis morgen, gleiche Zeit! Um vierzehn Uhr fünfzehn schlüpfte Nora ins Haus. Um vierzehn Uhr dreißig lagen sie auf seinem Bett. Da liegt er immer noch, vier Stunden später, gleiches Bett, gleiches Kissen, anderes Ich. Er nimmt Noras Hand und legt sie sich auf die Augen.

Lügen ist so leicht wie Wasser trinken. Höchstens Heiner tut ihm ein klein bisschen leid. Der hat sich dafür ausgesprochen, dass Nick mit dem Zug fahre, statt sich zu den Jungen auf den Rücksitz zu quetschen. Hundertsiebzehn Franken hat das Ticket gekostet, es lässt sich umschreiben, haben sie am Bahnhof gesagt. Wenn nicht, so what. Hauptsache, der heutige Tag hat stattgefunden. Hauptsache, die Hand auf seinen Augen ist Noras Hand. Hat ihn erkundet, gestreichelt, entfacht.

Treffpunkt Busstation Maccagno, Jubel, der verlorene Sohn ist da! Alle sind sie gekommen, ihn zu begrüßen. »Hey, Alter«, sagt Josch. Ob er gut gereist sei, fragt Heiner. Warum er den Zug verpasst habe, fragt Inge. Ob die Katze schon gefressen sei, fragt Pietro. Da bin ich also wieder, denkt Nick, im alten Brei. Willkommen bei den Drehers. Klingt wie ein Film am Samstagabend.

Josch

Es war Pietros Idee, statt im Turmzimmer im Erdgeschoss zu schlafen. Dann könnten sie nachts einfach aus dem Fenster steigen. Und wozu, fragte Josch. Das wusste Pietro auch noch nicht. Sie packten aus und räumten ihre Sachen ins verstaubte Regal. Josch traute seinen Augen nicht, als Pietro die Schablone und die Spraydose zwischen die Unterhosen schob. »Was willst du denn damit?«, sagte er. »Ja, was wohl«, sagte Pietro. »Aber DUCK DICH versteht doch in Italien kein Mensch.« Eben, meinte Pietro, das sei der Witz am Ganzen. »Kannst du vergessen«, sagte Josch, »ich will in Italien nicht in die Kiste.« Pietro lachte. Ob Josch lieber zwei Wochen lang doofe Würfelspiele machen wolle, im Salon liege so eine Schachtel. Josch wusste nicht, ob er beleidigt sein sollte. Immerhin hatte das Haus einen Salon. Ihm gefiel es hier. Es war, als hätte die Villa Amalis Geheimnisse. Und Italien war auch nicht schlecht. Heute wollten sie alle nach Luino einkaufen gehen. Und am Abend würde Nick anreisen. Josch freute sich darauf, ihn ins Turmzimmer zu führen. Das war wie gemacht für Nick, der zu Hause in seinem Zimmer immer am Fenster stand.

»Was zum Teufel«, sagt Inge, »um Gottes willen.« Sie beugt sich über Pietro, der zusammengekrümmt im Bett liegt und zittert. »Was hast du, Pietro?« »Ich friere.« Sein Rücken ist rot und heiß, ebenso das Gesicht, das er kurz vom Kissen hebt.

Josch ist sauer. Inge hat kein Recht, ihm Vorwürfe zu machen. Ja, er war mit Pietro den ganzen Tag am Strand und im Wasser, aber was kann er dafür, dass sich der Blödmann nicht eincremt? Pietro sei sein Gast, er müsse sich um ihn kümmern, meint Inge, und »ach Gott, was sag ich nur seinen Eltern«. Sie schickt Heiner nach Luino in die Apotheke, aber Heiner googelt und findet eine Farmacia hier im Kaff. Und jetzt wird der Fieberknabe eingecremt, mit kühlfeuchten Tüchern belegt und mit Aspirin abgefüllt. »Schau, dass er viel trinkt«, sagt Inge, und Josch legt sich aufs Bett und ist weiterhin sauer, draußen ist's noch lange hell und warm, und in den Palmen im Garten fummelt ein Windchen. »Ich muss scheißen«, sagt Pietro und klettert aus den Tüchern. Josch hört durch die geschlossene Tür, wie er in die Schüssel sprudelt, das auch noch, Durchfall. Josch wird Inge nichts davon sagen. Pietros Hose ist hinten braun. Und der will aus dem Fenster klettern. Wär eigentlich alles zum Lachen.

»Ihr bleibt heute den ganzen Tag im Haus, versprochen?«, sagt Inge. Ja, versprochen. Pietros Fieber ist weg und die Röte etwas schwächer. Und was sollen sie den ganzen Tag machen? Josch legt sich mit seinem Krimi im Salon auf das Sofa – dunkelroter Samt mit goldenen Nägeln und Muffgeruch –, und Pietro tigert durchs Haus. Ob er keine Bücher dabeihabe, fragt Josch. »Bücher?«, sagt Pietro, »was ist das?« Er hat zwischen den Polstern einen Tennisball gefunden, den pfeffert er nun pausenlos gegen die Decke. »Aufhören!«, ruft jemand und klopft. Das ist Heiner, der liegt noch oben im Bett. Pietro holt die Schachtel mit den doofen Würfelspielen. Weil sie die italienischen Spielanleitungen nicht verstehen, erfinden sie selber Regeln. So erklärt Pietro, wer eine Sechs würfle, müsse sechs Fliegen killen, und wer gleich danach noch eine Sechs würfle, müsse eine der Fliegen essen. Wer verliere, müsse morgen im See so rufen, als sei er am Ertrinken. Seine Regeln werden immer unangenehmer und scheußlicher, und als Josch kräht vor Lachen, steht plötzlich Inge in der Tür und sagt »Wie nett ihr spielt«. Als der Tag endlich um ist und sie in den Betten liegen, sagt Pietro, sie hätten versprochen, den ganzen Tag im Haus zu bleiben, »aber von der Nacht hat deine Mutter nichts gesagt«. Josch erschrickt ein bisschen. Will Pietro jetzt tatsächlich aus dem Fenster steigen? Ja, das will er, aber erst, wenn die andern schlafen. Er holt eine große Taschenlampe aus seinem Koffer. »Damit kannst du jemanden totschlagen.«

Nick

»Du hast das schönste Zimmer«, hat Josch stolz gesagt und ihn in den Turm geführt. Es tut gut zu spüren, wie der kleine Bruder sich für ihn freuen kann. Nick weiß nicht, ob das umgekehrt auch gilt. Eigentlich müsste es ihn freuen, dass Josch seinen Kumpel Pietro dabeihat. Aber der nervt. Nick nimmt sich vor, das möglichst nicht zu zeigen. Das Turmzimmer ist winzig, Bett, Stuhl, ein paar Haken an der Wand, aber der Blick aus dem vorderen Fenster haut ihn um. Am ersten Abend hat er lange auf dem wackligen Stuhl gesessen und geschaut, der See versilberte sich, der Bergrücken wurde dunkelblau und der Himmelsrand rot, dann lila. Als die Sonne sich davonmachte, verwandelten sich die Palmblätter in schwarze Schriftzeichen, und die Dunkelheit legte sich über die Welt, als hätte sie ein Gewicht. Nick will Heiner fragen, wie die Sterne heißen, die als Erste aufblitzten, Heiner weiß ein bisschen was vom Himmel und alldem.

In den zwei Wochen will er endlich seine Deutscharbeit schreiben. Wer bin ich. Vielleicht fällt es ihm ein an diesem Fensterplatz, wo er eins fünfundsiebzig groß ist, bevor er sich hinsetzt, und rasch schrumpft, wenn er über den Bergkamm hinaus ins Dunkle und Unendliche schaut.

Warum hat Inge immer wieder nach Tarek gefragt? Ob Nick ihn gesehen hat, wo denn, im Haus? Und was er da gemacht hat? Ob sie miteinander gesprochen haben, worüber? Nick hat ihr nicht gesagt, dass sie über Bärte geredet haben, ob Frauen Bärte sexy finden und was sie überhaupt sexy finden. Er hat ihr auch nicht gesagt, dass Tarek in der Küche stand und auf dem Tisch eine Flasche Wein aufmachte und dass Herr Petermann neben der Flasche auf dem Tisch saß. »Herr Petermann scheint ihn zu mögen«, sagt Nick bloß.

Am frühen Morgen ist der Ausblick aus dem Fenster völlig anders, von einem anderen Maler, mit einem Schwamm hingetupft und einem Spray vernebelt. Auch nicht schlecht. Nick schleicht durchs stille Haus, sieht jemanden auf dem Sofa im sogenannten Salon, Inge, schlafend. Vielleicht ist sie vor Heiners Schnarchen geflüchtet. Nick späht ins Zimmer von Josch und Pietro, die dampfen unter schweren Decken. Das Bett im Zimmer nebenan ist leer, auf dem Tisch steht ein Krug mit Blumen.

Nick macht sich in der Küche ein Frühstück zurecht, schichtet Wurst, Käse, Mayonnaise zwischen weiche Toastbrotscheiben, und als das Ketchup furzend aus der Flasche spritzt, steht Inge in der Tür und lacht. »Wir haben auch richtiges Brot«, sagt sie, streicht sich ein paarmal durchs Haar und setzt sich zu ihm an den Tisch. Aus den Schränken unter der Spüle kommt ein kleines Geräusch. »Maus«, sagt Inge. »Hast du gut geschlafen?« Nennt sie ihn jetzt Maus? Ach so, das Geräusch. Ja, ja, gut geschlafen. »Ziemlich irres Haus«, sagt er mit viel Brot im Mund. »Ich weiß nicht, ob es uns guttut«, sagt Inge. Warum das, möchte Nick fragen, aber er hat den Mund zu voll. Er hebt bloß die Brauen, und Inge lacht wieder. Sie gehe kurz schwimmen, ob er auch mitkomme. Aber Nick hat noch keine Lust.

Später, am Strand, als sie alle ihre Tücher ausgebreitet haben und Inge ihm die Mütze auf den Kopf drückt, fragt er: »Für wen ist eigentlich das leere Zimmer? Kommt noch jemand?« Inge schüttelt den Kopf. »Warum stehen dann Blumen auf dem Tisch?« »Weil sie blühen.«

Josch springt ihn von hinten an, klatschnass. Sie balgen sich kurz, dann sagt Josch: »Such dir eine aus.« Eine was? Josch zeigt armschwenkend auf das Badevolk. »Es können auch zwei sein.« Aber Nick wählt nur eine aus. Sie ist etwa so groß wie er, hat einen hellen Pferdeschwanz auf dem mageren hellen Rücken und Sand auf den hellen Schenkeln, und die Badehose ist zu klein und verschwindet in der Pospalte. Und vorne? Vorne ist sie hübsch und ernst.

Am Abend weiß Nick, dass sie Serena heißt und aus Konstanz kommt.

Sie hat sich ein paarmal nach ihm umgedreht.
Ich bin der, den die anderen sehen.

Josch

Josch legt ein Kleiderbündel aufs Bett und klopft darüber die Decke zurecht, bis es ausschaut, als läge da jemand. Pietro tut es ihm nach, dann steigen sie aus dem Fenster. Das blau blühende Zeug riecht süßer als am Tag. Kein Mond am Himmel, aber hell genug, ohne Taschenlampenlicht loszulaufen. Vom See her schieben sich dunkle Wolkenschichten gegen das Dorf.

Pietro will zum alten Turm. Sie haben heute mit Heiner eine Bootsfahrt gemacht, und von da aus hat Pietro den Turm entdeckt, am Südende des Dorfs in einem Waldstück. »Und was tun wir da?«, fragt Josch. »Das ist ein super Versteck«, sagt Pietro. »Ich weiß nicht, warum ich mich verstecken sollte«, meint Josch, und Pietro sagt: »Kommt vielleicht noch.« Vor einer glatten rosa Wand holt Pietro Schablone und Spraydose aus dem Rucksack. »Nein«, flüstert Josch. »Doch«, flüstert Pietro, »mach schon.«

Sechsmal insgesamt haben sie ihr Duck Dich an Mauern und Säulen gesprayt, ganz easy, es waren kaum Leute unterwegs. Der Himmel ist jetzt schwarz. Pietro findet den Weg zum Turm ohne je zu zögern, als wäre er schon mal hier gewesen. Im Wald ist es fast unheimlich, findet Josch, Pietro lässt sein Lampenlicht nervös über die Stämme zucken, und etwas kreischt ganz kurz und dann noch mal. Unvermittelt stehen sie vor dem Turm, alt schaut er aus mit den kleinen Zinnen. Pietro macht die Lampe aus, sie tasten sich an den Mauern entlang und finden das Portal. »Zuoberst ein DUCK DICH«, flüstert Pietro, da bellt es ganz grauenvoll, direkt hinter dem Portal, Pietro lässt die Lampe fallen, und Josch erstarrt. Der Hund muss riesig sein. »Weg hier!«, sagt Josch und will zu laufen anfangen, aber Pietro findet seine Lampe nicht und sucht rundum den Boden ab. Nun ruft auch noch jemand im Turm. Josch bekommt Pietro am Arm zu fassen und zerrt ihn mit, zurück zu den Bäumen, und da stolpern sie ins Dunkel und finden den Weg nicht mehr.

Als sie endlich wieder zwischen Häusern sind, entladen sich die schwarzen Wolken, Regen prasselt so heftig, dass er fast schmerzt auf der Haut. Sie rennen. Josch ist nicht sicher, ob seine Turnschuhe quietschen oder ob Pietro wimmert. Klatschnass klettern sie durchs Fenster. Als Josch ins Bett steigt, sagt er laut: »Das war eine schlechte Idee.« Von Pietro kein Ton.

Heiner

Heiner hat sich die gemeinsamen Abendessen anders vorgestellt, einen Tisch voller gut gelaunter, fauler Leute, laut und geschwätzig. Nein, es geht ruhig und höflich zu, und rasch ist alles aufgegessen, ob Antipasti frisch vom Markt oder etwas duftendes, lange Geschmortes. Die Jungen waschen ab und verziehen sich, Inge nimmt ihr Weinglas vom Tisch und geht. Meistens sitzt sie dann draußen mit einem Buch und tut, als lese sie, auch wenn es bereits dunkelt. Sie lässt sich umarmen wie ein gerollter Teppich.

»Im Supermercato haben sie heute eine Sprayerei weggeschrubbt«, sagt Heiner, »und haben mich gefragt, was das heiße: Duck dich. Wer sprayt denn so was.« »Hab ich auch gesehen«, sagt Nick, »drüben am Landungssteg.« »Und, was heißt es auf Italienisch?«, fragt Josch. »Keine Ahnung. Ich hab's vorgemacht«, sagt Heiner, »da haben sie gelacht.« »Duck dich: Find ich irgendwie cool«, sagt Nick. »Überhaupt nicht cool«, sagt Inge und steht auf, »überhaupt gehören Sprayer bestraft.«

»Was hat sie?«, fragt Nick ein paar Augenblicke später. Heiner zieht bloß die Schultern hoch.

Jenseits der Grenze. Wo die. Als der. Da ist. Das erhoffte Haiku will sich einfach nicht einfinden.

Vielleicht liegt es an Pietro, dass die Familie so unfroh daherkommt. Heiner kann ihm nichts vorwerfen, er mag ihn einfach nicht und weiß nicht, warum. Josch und Pietro lachen zwar viel, aber es ist ein leicht fremdes Lachen, Heiner ist erleichtert, wenn es aufhört. Er müsste mal Inge fragen, ob es ihr auch so geht. Er müsste ihr auch sagen, dass er zwei Hunderteuroscheine vermisst. Die waren in einem Umschlag im Auto, da ist er sich ganz sicher.

Er schlägt einen Ausflug vor: nach Indemini fahren, ins alte Schmugglerdorf, wo er als Kind mal war, und von da eine Wanderung machen am Monte Gambarogno. Geht auch mit Turnschuhen. Inge will lieber über den See nach Ascona und von da zum Monte Verità. Das gehe ihn nichts an, meint Heiner, das Getue um ein paar alte Rebellen und Nudisten. Was Nudisten seien, will Josch wissen. »Krass«, sagt Pietro nach Heiners Erklärung. Ein gemeinsamer Plan kommt nicht zustande. Nick fährt ins Nachbardorf, wo es Surfkurse gibt, und Josch und Pietro gehen zur Skateboardrampe und wollen versuchen, Bretter zu mieten.

Nick kommt enttäuscht zurück, sein linker Arm ist noch nicht wieder stark genug zum Surfen. Pietro hat ein aufgeschürftes Bein, und Josch gesteht, dass er einen kleinen Jungen umgefahren hat.

Beim Abendessen hebt Inge das Glas: »Auf Herrn Petermann. Er hat heute Geburtstag. Ist siebzehn!« Ob das alt sei, fragt Pietro. Heiner nickt. Danach bleibt es still am Tisch.

Die letzten drei Ferientage zerbröseln.

»Was schreibst du?«, fragt Inge. Heiner faltet das Blatt und schiebt es in die Hosentasche. »Bloß Bürokram.«

Schon am ersten Tag spüre ich Ihren Finger an meinem Hals. Zwei Wochen hatten wir Ruhe, und jetzt fängt es wieder an. Jetzt ist genug. Wg. dem kommen sie dran.

Am Abend ist das Blatt weg.

Heiner sucht überall.

»Was suchst du?«, fragt Inge.

August

Inge

Erst lagen die Lippen nur still aufeinander, dann erhoben sich die Zungen aus ihrem warmen Bett, bewegten sich sachte und wurden rasch wild. Es war kein langer Kuss, aber er schoss seine Lust in alle Glieder.

Inge spürt ihn immer noch.

Wieder ein Tag, sie sortiert die Wäsche, füllt die Maschine, horcht. Heiner ist zur Arbeit gegangen, die Jungen schlafen noch. Regen schlägt gegen das Waschküchenfenster. Inge schwankt ein bisschen, klammert sich zwischen den Beinen fest, setzt sich auf den Wäschekorb. Nein, das war keine Überraschung gestern. Auch kein Überfall, von ihr nicht, von ihm nicht. Es traf einfach ein, so wie vor Langem bestellt und in Bange erwartet.

Er hielt sie an den Schulterblättern, ihre Arme hingen, es gab den leichten Widerstand wie bei Magneten vor dem Zusammenschluss, dann presste ein kurzer Ruck die Körper aneinander. Wer hatte die Tür zugezogen? Er? Sie?

Sie hätte den Kuss bewahren und ihren Mund lange nicht mehr öffnen wollen, aber das ging nicht. Abendessen war angesagt, Risotto von Heiner und Planen der letzten Woche vor Schulbeginn.

Tarek.

Sie hatten beide nichts gesagt.

Warum auch.

Eine Ferienwoche noch, für sie und die Jungen. Eigentlich hatte sie gedacht, etwas ohne Heiner zu unternehmen, eine Städtereise vielleicht, damit Nick und Josch nicht die ganze Zeit rumhängen und sich digital zudröhnen. Aber jetzt. Jetzt will sie hier sein. Man läuft doch nicht weg, wenn das Feuerwerk gerade anfängt.

Drei Sommerkleider hat sie insgesamt: das weißseidene mit schwarzen Kommas, das wild geblümte, fast knöchellange, das türkisblaue aus Marokko. Sie hat sie schon lange nicht mehr getragen, bloß immer Hose und Bluse, daheim und bei der Arbeit. Doch jetzt muss ein Kleid her. Das geblümte macht sie irgendwie alt. Das weiße steht ihr am besten, aber es hat so viele kleine Köpfe, das Marokkokleid hingegen hat bis runter zum Po einen langen Reißverschluss, der ist – ratsch – offen. Dann rutscht das Kleid wie von selbst von den Schultern zu Boden, und sie steht nackt da.

»Was ist los?«, fragt Nick, als sie in die Küche kommt. »Warum?« »Dieses Kleid.« »Sommer ist los, that's all.« Inge bindet sich eine Schürze um, hat sie auch schon lange nicht mehr gemacht. Aber das Kleid soll sauber bleiben, mindestens bis nach dem Abendessen. Dann wird sie Tarek die Reste der Lasagne bringen. Damit es

Reste gibt, muss sie das Doppelte der üblichen Portion kochen.

Was, wenn sie sich nicht traut. Dann soll Josch die Lasagne bringen.

Nick

Er hat mit Serena Mailadresse und Telefonnummer ausgetauscht. Auch sie ist inzwischen wieder zu Hause, das weiß er. Ob er ihr etwas schreiben soll … Etwas Belangloses. Oder Witziges. Etwas Gereimtes. Oder Ernsthaftes. Nora ist noch in Rumänien und meldet sich nicht. Er ruft sich immer wieder in Erinnerung, was sie gemacht haben auf seinem Bett, einen ganzen Nachmittag lang. Er kann es abspielen wie ein Musikstück, dolce, vibrato, furioso, morendo – schöne Wörter aus der Gitarrenstunde. Wann und wo sie wieder spielen können, keine Ahnung, bei ihr geht es gar nicht, bei ihm geht es auch nicht. Josch würde hereinplatzen, Inge würde klopfen oder an der Tür rütteln, wenn sie verschlossen wäre. Sogar Herr Petermann würde daran kratzen. Nick kann es Inge nicht verzeihen, dass der leidige Tarek nun das Kellerzimmer belegt.

Heute steht in der Zeitung etwas über die Zickzack-Ulmenblattwespe. Ihre Raupen verschlingen zickzack ganze Blätter, lassen nur die Mittelrippe stehen, fressen Bäume kahl. Kommt nun das große Ulmensterben? Nick stellt sich ans Fenster und betrachtet seine Ulme.

Mächtig und leuchtend grün steht sie in der Welt, in ihrer und in seiner.

Hi, Serena. Gut angekommen? Hi Serena, geht es dir besser ohne Strandflöhe? Hi Serena, will nur mal deine Adresse testen.

Wer bin ich? Weiß ich das? Vielleicht bin ich jede Sekunde ein anderer. Es gibt Leute, die sagen, sie müssten sich finden. Wenn man jede Sekunde ein anderer ist, wird das Sich-suchen-und-Finden ziemlich mühsam. Es gibt eine ganze Palette von Freizeitangeboten, die versprechen, dass man sich findet. Man kann Yoga machen oder Bungee-Jumping. Mal angenommen, ich finde mich, weiß also, wer ich bin, möchte ich mich dann überhaupt sein? Womöglich ist es besser, nicht zu wissen, wer ich bin. Denn wenn ich nicht ich sein möchte, lande ich in der Psychiatrie. Oder wenn ich ein anderer sein möchte, bin ich dauernd am Ertrinken in einem See von Neid. Und wie ist das, wenn ich zu wissen meine, wer ich bin, und das ist alles eine Illusion? Kann ich als Illusion leben?
Wer bin ich? Das weiß ich nicht, ich weiß nur, wer ich nicht bin.
Wer bin ich? Ich bin ein Sammelsurium in einem undurchsichtigen Sack.
Wer bin ich? Ich bin zurzeit Nick Dreher, Gymnasiast und Noras Freund.

Soll er »Noras Freund« so stehen lassen? Geht das die Deutschlehrerin etwas an? Er hat noch drei Tage Zeit für den Aufsatz. Mit ein bisschen Googeln und Wikipedieren – »Identität«, »Das Ich«, »Das Selbst« – wird er es hinkriegen.

Wieder stellt sich Nick ans Fenster. Hallo, Baum. Lass dich nicht fressen von den Wespenweibern. Männliche Zickzack-Ulmenblattwespen hat man bislang nicht gefunden, heißt es in der Zeitung. Es wird vermutet, dass sie sich ungeschlechtlich vermehren. Wer bin ich – angenommen, ich weiß es und ich möchte mein Ich vermehren, müsste ich mich klonen. Geschlechtlich ginge es nicht.

Ach, Nora, ruf doch endlich mal an.

Heiner

Er wartet, bis alle am Tisch sitzen. Er will das Ganze ein bisschen spannend machen. »Was ist denn so wichtig?«, fragt Inge ungehalten. »Nichts«, sagt Heiner. »Nur dass der Garagenmann wieder spricht.« Jetzt fragen alle drauflos, aber Heiner hat die Lust auf eine spannende Darbietung verloren. Ja, der Mann sei aufgewacht, ein Deutscher, sein Wohnwagen stehe auf dem Campingplatz Uto. Sein Kurzzeitgedächtnis sei weg, von einem Sturz wisse er nichts. Wohl eine Folge übermäßiger Medikamenteneinnahme, der Mann sei vor Kurzem aus der Resozialisierung in einer forensischen Station entlassen worden. »Forensisch, was ist das?«, fragt Nick. »Schau's nach«, sagt Heiner. »Was hast du?«, fragt Josch. »Nichts«, sagt Heiner.

Erst jetzt, wo er nicht mehr in Italien ist, spürt er, wie schön er es fand: die Berge auf der anderen Seeseite, wie sich umarmende stille Tiere, vor oder nach einem großen Schlaf, dunkel gefurcht und mit einem Kurzpelz bewaldet. Der Himmel, der vom Wasser aufsteigt und über die Berge zu fliegen scheint. Die geneigten Baumgestalten am Ufer, ihr Horchen, ihr Zittern. Pappeln vielleicht. Die Spaziergänge frühmorgens, sich am Sofa mit der schlafenden Inge vorbeischleichen, die Schuhe in der Hand, die Haustür leise zuziehen, am See der Erste sein, Spinnweben zerreißend, Krähen weckend, den aufgesparten Abendessenfurz knatternd entlassend. Sich umdrehen, zwischen den Baumkronen das Türmchen der Villa Amalis suchen, wo Menschen schlafen, die er liebt.

Diese Morgenstunden will er aufbewahren. Die Tages- und Abendstunden sollen vergessen sein.

Frau Mäkle ist braun gebrannt, sogar die Ohren sind braun. Ansonsten ist sie wie vorher, sie zischt, sie zwiebelt, sie seufzt. Heiner hat sich in den Ferien gefragt, ob es vielleicht nicht die Mäkle ist, die er nicht aushält, sondern ob es tief drin seine Arbeit ist, die er verabscheut. Ob die

Mäkle vielleicht nur das Symptom eines tiefgründigeren Übels ist, etwa wie Mundgeruch bei Lungenkrebs. Wenn es so wäre, dann könnte er das Übel aber nicht loswerden, denn seine Familie lebt davon. Also bleibt es dabei. Es ist die Mäkle, die wegmuss.

»Chef, ich hab da was für Sie, etwas Unangenehmes, weiß sonst nicht, wohin damit.« Regierungsrat Kaspar Waldemann reißt die Augen auf. Heiner kommt nur selten zu ihm. Und jetzt, unangemeldet, legt er ihm einen Stapel anonyme Briefe auf den Tisch. *Schon am ersten Tag spüre ich Ihren Finger an meinem Hals.*

Insgesamt acht dieser Briefe habe er bekommen, sagt Heiner, den letzten jetzt nach den Ferien, und er finde, es sei Zeit, das nicht mehr einfach zuzulassen. Kaspar Waldemann überfliegt die Seiten. Ob Heiner einen Verdacht habe … Heiner hebt die Schultern. »Nein.« Obwohl, die vielen Abkürzungen könnten einen Hinweis geben. »Aber ich will keinen Verdacht äußern. Ich möchte einfach, dass das aufhört.« Kaspar Waldemann nickt. Und schaut Heiner sehr fragend an.

Geschafft.

Beschwingt geht Heiner zurück in sein Büro.

Jetzt kann er wieder Haikus schreiben.

Inge wehrt ab, nein, keinen Sex. Sie habe sich einen Pilz eingefangen in Maccagno. »Einen Steinpilz?«, sagt Heiner.

»Einen frei laufenden?« Inge verzieht den Mund. »Nicht lustig?«, fragt Heiner. Da hat Inge schon das Licht gelöscht.

Inge

Siebzehn Tage seit dem Kuss. Inge hat nicht mehr an Tareks Tür geklopft. Sie hat es vermieden, ihm zu begegnen. Für die Hausaufgabenhilfe hat sie Nick beordert. Sie sagt Heiner nicht, dass sie Nick dafür etwas zahlt. Tareks frische Bettwäsche hat sie durch Josch überbringen lassen. Manchmal hat sie Tarek vom Fenster oben beobachtet, wie er zur Arbeit ging. Er hat einen leicht wiegenden Gang. Und er hat einen roten Schal umgebunden. Jetzt, im August. Findet er es kalt hier? Da, wo er herkommt, aus den albanischen Bergen, ist es wohl kaum wärmer. Er will sich schön machen mit dem Schal, das ist es. Woher er ihn hat? Ein Geschenk? Von wem? Ich hätte ihm einen anderen Schal geschenkt, denkt Inge. Einen braunen, passend zu den Augen.

Sie sitzen alle vier beim Abendessen, da geht die Haustür auf, Tarek ruft hallo, tritt in die Küche, sagt »Guten Appetit«. »Wie wär's mit Klingeln?«, sagt Heiner, was Tarek nicht versteht. »Nicht stören«, sagt er, »nur sagen, Kühlschrank macht Ton. Was machen.« Inge schaut Heiner an. »Dein Problem«, sagt Heiner zu Inge, »wir drei schauen Tennis.«

Und so steht Inge eine halbe Stunde später im Keller vor Tareks Hintertür. Die war seit Jahren verschlossen, aber Inge hat heute den alten Schlüssel gesucht und gefunden. Sie trägt nicht das Marokkokleid, wie mal ausgedacht. Sie hat das knielange leicht verschwitzte T-Shirt anbehalten. BH und Slip liegen in der Waschküche.

Sie hat das Shirt gleich nach dem Kuss selber über den Kopf gezogen. Tarek hat den Schlüssel umgedreht und den Vorhang zugezogen. Denn Ende August ist es um acht Uhr abends zu hell für Geheimnisse.

Sie lieben sich fast lautlos.

Nur der Kühlschrank dröhnt.

Josch

Dass Öme mittwochs nicht mehr kommt, ist irgendwie schade. Aber der schulfreie Nachmittag ist jetzt bei Nick belegt mit Tennis und Gitarrenstunde und bei Josch mit Schachklub und Flötenstunde. Weil in der neuen Schule ein Musikinstrument verlangt wird, hat er mit Flöte angefangen, Inge hat sie ihm aufgeschwatzt. Öme hat dazu bloß oje gesagt. Sie kommt jetzt nur noch am Donnerstagabend vorbei, um zu kochen, wenn Inge ihren English Evening hat. Diese Essen mit Öme sind immer gut. Heiner, Nick und er futtern wie die Blöden. Und Öme hackt nicht auf ihm rum von wegen Schularbeiten. Sie findet alles wunderbar, was er und Nick machen. Manchmal sitzt er nach dem Abwasch mit ihr noch eine ganze Weile am Küchentisch, sie verpasst einen Bus und dann noch einen, sie reden und kritzeln allerlei auf irgendein Stück Papier. Und sie lachen. Ömes Lachen kommt nie ganz aufs Mal raus, es tropft weiter.

Heiner lacht nicht viel.

Inge hat immer viel gelacht, aber jetzt kaum mehr.

Nick lacht nur, wenn das Lustige gescheit ist.

Pietro fliegt schon wieder von der Schule. Und Josch weiß jetzt auch, warum, Pietro hat es ihm gesagt: Er hat geklaut. Noch bis zu den Herbstferien ist er da, dann geht er ins Internat. Ins Zuchthaus, sagt Pietro. Mit DUCK DICH haben sie aufgehört, die Schablone ist kaputt, eine neue zu machen lohnt sich nicht mehr, und Pietro findet inzwischen Klauen spannender als Sprayen. Bis zum Zuchthaus bleiben ihnen noch fünf Wochenenden. Sie streifen durch die großen Kaufhäuser, und jeder sucht ein Diebesstück. Der mit dem wertvolleren hat gewonnen. Es ist meistens Pietro, der gewinnt. Weil seine Mutter jetzt immer sein Zimmer durchsucht, muss Josch die Beute mit nach Hause nehmen. Er weiß nicht so recht, wo er ein Versteck einrichten soll. Zurzeit liegt das Zeug in einer Schachtel unter dem Schuhregal im Keller: ein Wecker, zwei Armbanduhren, eine Brieftasche, drei Sonnenbrillen, eine Tabakpfeife. Pietro sagt, dass er alles nach und nach verkaufen will, Josch fragt sich bloß wie. Das Ganze ist eigentlich sinnlos. Na ja, die Aufregung ist ziemlich krass, das schon, besseres Herzklopfen gibt es nicht. Einmal wurden sie im Büro des Ladendetektivs vergeblich untersucht, Pietro war es vorher gelungen, die gestohlene Armbanduhr durchs Hosenbein auf den Boden gleiten zu lassen. Beide erhielten sie einen Zwanzigfrankengutschein als Entschuldigung für den falschen Verdacht. Cool, sagte Pietro.

Als Pietro vorschlägt, sie könnten versuchen herauszufinden, welcher Wohnwagen dem durchgeknallten Garagenmann gehört, und dann dort irgendwie hineingelangen, hat Josch erstmals genug von Pietro. »Nein«, sagt er so bestimmt, wie Heiner das manchmal kann. »Schiss oder was?«, sagte Pietro bloß.

Bei Tarek ist die Tür verschlossen, nix heute mit Wurstessen auf dem Bett. Als Josch die Türklinke ein zweites Mal hinunterdrückt, glaubt er, im Zimmer etwas zu hören. Ist Tarek zu Hause? Ist jemand bei ihm? Vielleicht hat er eine Frau in der Bude.

Dieses Getue um die Frauen, wie umständlich das ist, schon fast wie bei See-Elefanten, die sich über Felsen wälzen. OMG. O MY GOD. Nick hat Fotos ausgedruckt von dieser Serena am Maccagno-Strand. Was, wenn Nora sie sieht. Wenn Nick von Nora genug hat, wird er – Josch – sich um Nora kümmern. Nora hat die schönsten Zehen, kann sie einzeln bewegen, Nägel schwarz lackiert.

Nick

Nora ist zurück. Haare kurz, nicht mehr geringelt, und dunkelrot, nicht mehr schwarz. Nick findet es weniger schön, sagt es aber nicht, sagt »cool«. Der Coiffeur kostet in Rumänien nur halb so viel. Überhaupt: alles so billig. Nora hat Nick einen roten Schal mitgebracht, ganz weich. Der Kuss schmeckt nach Pfefferminze. Zum Küssen gehen sie jetzt jeweils in die Paulskirche, setzen sich ganz hinten ins Halbdunkel. Selten kommt jemand herein – die Tür fällt schwer ins Schloss –, und nach einem kurzen Innehalten wird das Fummeln noch schöner. Nick öffnet die Hose, Nora den BH.

Nur Josch weiß, dass Nick nach St. Gallen fährt, um Serena zu treffen. Das ist für beide gleich weit. Zwei Stunden lang sitzen sie in der Nähe des Bahnhofs in einem Café und erzählen von sich, von der Schule. Ihre Familien brauchen sie nicht zu beschreiben, die haben sie bereits am Strand von Maccagno gesehen. »Wir haben noch einen Hund«, sagt Serena. »Er heißt Thor, ist klein, braun, hat sehr krumme Beine und sieht aus, als ob er lacht.« »Wir haben noch einen Asylanten«, sagt Nick. »Er heißt Tarek, ist mittelgroß, Zahnlücke oben rechts, kurzes braunes Haar, sieht nicht aus, als ob er lacht.« Ich bin gemein, denkt Nick beschämt. Von Serena kommt keine Reaktion. Sie hantiert mit dem Handy, fotografiert, ihn, sich, beide, den Würfelzucker mit Fliege drauf. Ihr

Haar, das sie heute offen trägt, ist fast so hell wie Toastbrot.

»Josch, was kochen wir?« »ME. Mir Egal.« Nick und Josch müssten sich heute Abend selber verpflegen, hat Inge gesagt. Sie sei bei Frau Zumhoff, und Heiner sei sonst wo. »Eier und Speck?« »WDW. Wie Du Willst.« Josch sitzt am Küchentisch und macht sich eine Liste von Abkürzungen. Zum schnelleren Texten mit Pietro, wenn der dann im Internat ist. Ob Nick noch was einfalle. »Akronyme, meinst du?« »Ja, so was wie LOL, aber auf Deutsch.« »NV, Nase Voll«, sagt Nick. »Das ist gut«, sagt Josch. »Wie findest du WK?« »Wiederholungskurs?« »Nein, Warme Kacke.« Nick muss beim Lachen kurz die Augen schließen und schlägt versehentlich das Ei neben der Pfanne auf. »SCH SCH. Schöne Scheiße.« Das Blödsinnmachen mit Josch ist ein bisschen wie früher, als sie im selben Zimmer schliefen und sich im Dunkeln Witze und Geschichten erzählten. Die Witze mussten nicht neu und die Geschichten nicht fertig sein, es ging nur darum, einander zu hören und nahe zu sein. Jetzt im Speckeierdunst der Küche ist die Nähe wieder mal so richtig schön da. »SCHLAU«, sagt Josch, »wie findest du das?« »Ist das ein Akronym?« »Weiß nicht. Gemeint ist SCHlechte LAU-ne.«

Und dann wird Josch plötzlich ganz ernsthaft. SCHLAU passe auf Inge und Heiner, sie seien irgendwie anders, keine Ahnung warum. Kleiner Bruder, denkt Nick, hörst dich richtig erwachsen an.

Josch hat recht. Etwas ist anders in diesem Haus.

Inge

»Tarek macht, was er kann«, sagt Frau Zumhoff. Stimmt, denkt Inge, und wie er es macht! Drei Mal jetzt, immer bei zugezogenem Vorhang. »Er ist angemeldet für den Deutsch-Test A1«, sagt Frau Zumhoff, »das ist beachtlich, und er hat sich beworben für einen Vollzeit-Job bei der Fruit Engros.« Inge ist froh, dass Frau Zumhoff für Tarek den ganzen Bürokram erledigt, von Krankenkasse bis Sozialhilfe. Leider sei man noch nicht weiter mit seinem Asylverfahren. Das Motiv seiner Flucht werde immer noch als undurchsichtig erachtet. Zwar könne Tarek für seinen F-Ausweis Verlängerung beantragen, aber dann dürfe er seine Frau weiterhin nicht nachkommen lassen, sagt Frau Zumhoff, »eine nette Frau, er hat mir ihr Bild gezeigt.« Das sei hart für ihn. Tarek sei echt nett, er erzähle ihr alles. Es sei ja so nett, dass er bei so einer netten Familie zu Hause sein dürfe. Nett ist Frau Zumhoffs bevorzugtes Adjektiv. Von Tareks nettem Kind weiß sie nichts.

Gottes Segen sei spürbar, sagt Frau Zumhoff. Gottes netter Segen, denkt Inge.

Tareks Kind, ein Mädchen, ist jetzt etwa sechs Wochen alt, »Ist gesünd«, hat er gesagt. Es hat einen schwarzen Schopf, zugekniffene Augen, ein rosarotes Jäckchen und steckt in Tareks Handy. Sein Name ist Adea. Das klingt ein bisschen wie ein Abschied.

Heiner hat seine Wanderschuhe imprägniert. Und die Windjacke in die Reinigung gebracht. Was er vorhabe, hat sie gefragt. Er hat nicht geantwortet, ist einfach aus dem Zimmer gegangen. Wahrscheinlich haut er wieder mal ab übers Wochenende, in die Berge. Früher hat er das öfters gemacht. Mit einer Frau, die Fußprobleme hat, und zwei Söhnen, die dauernd fragen »Ist es noch weit«, kann er keine großen Wanderungen unternehmen. Das war mal seine Leidenschaft, bevor ihm Inge über den Weg lief, über den Wanderweg. Soll er doch gehen, dann hat sie mit den Jungen zwei entspannte Tage. Und mit Tarek die Nächte.

Die Abendessen werden immer kürzer und die Konversationen immer seltsamer. Sie hören sich an wie Mustersätze in Sprachlehrbüchern. »Hattest du einen guten Tag?« »Ja, danke, und du?« »Das war schon fast Herbstwetter heute.« »Vielleicht können wir mal zusammen Drachen steigen lassen.« »Drachen gab es schon fünfhundert Jahre vor Christus in China.« »Die Chinesen haben überhaupt vieles erfunden.«

Heiner weiß von nichts, davon ist Inge überzeugt. Warum sollte er. Tarek ist sehr diskret. Auch die Jungen sind ahnungslos. Nick redet ganz locker über Tareks Deutschfehler. Und Josch rapportiert, dass Tarek wieder Wurst aus Albanien erhalten hat. »Ich essen Schwein«, sagt Josch und läuft in Tareks Wiegegang um den Tisch.

Hat sie ein schlechtes Gewissen? Nein. Lust steht ihr zu. Dafür, dass sie einen Körper hat, der Lust will, kann sie nichts. Tarek ist ins Haus geschneit, nun schmilzt der Schnee. Na ja, ins Haus geschneit, das stimmt nicht ganz. Sie hat ihn sich ausgesucht, dort beim ersten Besuch im Flüchtlingsheim. Sie hat den gewollt, der damals in der Tür auftauchte und gleich wieder verschwand. Sie hat diese Hände gewollt, die damals vor ihr auf dem Küchentisch lagen, beim zweiten Besuch im Flüchtlingsheim. Jetzt streichen diese Hände über ihren Körper, genau so, wie sie es möchte.

Sie will Heiner nicht verletzen. Tut sie auch nicht, solange er sie in Ruhe lässt. Neuerdings ist die Ruhe etwas laut. Aber nein, ein schlechtes Gewissen hat sie nicht.

»Hast du nichts mehr gehört vom Garagenmann?« »Warum sollte ich?« »Weil die Polizei dich benachrichtigt, nicht mich, die dumme Ehefrau.« »Ich kann nichts dafür, wie die Polizei ihre Benachrichtigungen handhabt.« »Ich hab mir bloß erlaubt, dich zu fragen.« »Erlaub dir, was du willst.«

September

Heiner

Zwei Tage nach der Übergabe der anonymen Briefe hat er Regierungsrat Waldemann um eine Auszeit gebeten, eine Woche, geht das? »Kein Problem«, meinte Waldemann. »Holen Sie Luft.«

Jetzt steigt er in Keflavik aus dem Flugzeug und holt Luft von schätzungsweise zehn Grad. Regen fällt, aber nur so dünn, als dürfe er nicht. Heiner hat sich die Wettervorhersage für Island genau angeschaut, was er eingepackt hat, sollte passen. Jetzt ist es vier Uhr nachmittags, Sonntag. Inge wird sich längst gefragt haben, wo er ist. Als er am Morgen die heimlich gepackte Reisetasche aus dem Keller holte, war sie in der Badewanne, und die Jungen saßen vor Nicks Computer. Niemand sah ihn gehen. Ein wunderbares Gefühl, wie ein Schluck Zaubertrank. Lautlos zog er die Haustür hinter sich zu.

Dass er in Island ist, mag Zufall sein. Er hat das Bild mit dem grasgrünen Hang und den Schafen gesehen, hat gedacht, das ist gut, ist nicht zu nah und nicht zu weit und ist ein Land, wo ich die ganze Zeit in den Wanderschuhen herumlaufen kann. In diesen alten Schuhen tut ihm nichts weh, auch nicht Kopf und Seele.

Heute Abend wird er anrufen. Bin mal schnell ein bisschen abgehauen. Er sähe dann gern die Gesichter, vor allem das von Nick. Sohn Nick ist mittlerweile so jemand wie ein unbequemer Freund.

Abends im Hotelbett liegt er lange wach, obwohl er müde ist vom ungewohnten Fahren im Mietauto, an die Handschaltung muss er sich erst wieder gewöhnen. Einmal, knapp vor Reykjavik, war der Regen plötzlich heftig geworden und die Sicht so schlecht, dass er fast einen Hund überfuhr. Das Telefongespräch verlief ungut, Inge klang verlegen, er war beklommen, sein Übermut war weg. »Kommst du wieder?«, fragte sie. »Wenn du willst«, sagte er. Dann legte sie auf.

Er hat es nicht mehr ausgehalten. Es fühlte sich an, als wäre Smog im Haus, und der würde langsam und stetig dicker. Er weiß nicht, was den Smog verursacht hat. Warum alles so angespannt und unfroh ist. Was mit Inge los ist. Er hat sich immer wieder und vergeblich gefragt, ob es etwas gibt, das sich tatsächlich verändert hat. Ihre Jobs sind noch die gleichen, sie sehen noch gleich aus und sind noch gleich gesund, die Jungen gehen noch gleich gern und ungern zur Schule, das Haus ist noch gleich gepflegt und ungepflegt, und Herr Petermann kackt noch in die gleiche Gartenecke. Neu sind die Figuren am Rand: Nicks herzlich primitive Freundin Nora. Joschs undurchschaubarer Kumpel Pietro. Und der leidige Asylant Tarek, als Beschwichtigung von Inges Sozialgewissen. Aber diese drei Randfiguren vermögen doch nicht einfach, eine in Liebe und Vergnügen zusammengewachsene Familie zu ersticken. Was war denn noch. Was hat er falsch gemacht.

Das Autoradio funktioniert nicht, egal. Die Stille passt zur Landschaft. Mal dunkle Lavafelder, mal grüne Weideflächen bis zum Fuß der braunen, kahlen Berge, in der Ferne etwas Graues, Diffuses, von dem er weiß, dass es das Meer ist. Manchmal sieht er Schafe, es sind immer drei, die beisammenstehen, er fragt sich warum. Für alles und jedes gibt es doch Ursachen. Wüsste man sie, wäre das Dasein erklärt, und Gott stiege von der Wolke herab und setzte sich arbeitslos in eine Kneipe. Zweieinhalb Stunden hat er zu fahren bis Hellnar. Dort – im winzigen Küstendorf auf der Halbinsel Snæfellsnes – will er sich eine Woche lang vergraben. Dass es regnet, spielt keine Rolle. Wenn es ihn ins Meer spült, werden die Schafe auch weiterhin zu dritt auftreten.

Oft denkt er an den Garagenmann. Vielleicht wär's gut, ihn zu kennen. Ihn zu fragen, wohin er fahren wollte und warum. Die Polizei hat gesagt, der Wohnwagen sei reif zum Verschrotten. Sie hat nicht gesagt, wie der Mann heißt und warum er keine Papiere bei sich hatte. Inge hat ihn im Spital besuchen wollen. Vielleicht hätten sie das machen sollen. Aber er mag einfach nicht mehr zu jedem Einfall Inges immer gleich nicken.

Josch

Der kommt schon wieder, sagt Nick. Hat einfach NV. Mag sein. Aber warum Heiner NV hat, das müsste man wissen. Was Inge von sich gibt, klingt mal so, mal anders. Jeder und jede brauche irgendwann ein bisschen Freiheit, frische Luft um die Nase, nein, sie hätten nicht gestritten, sie und Heiner, nein, es sei nichts Besonderes vorgefallen, aber nach so vielen Jahren im Büro … und dann die Mäkle und die Sparrunden und überhaupt. Später sagt sie, er hätte wenigstens einen Zettel hinterlassen können, einfach so abzuhauen sei unfein, und wenn, dann hätte es ja nicht gerade Island sein müssen, ein paar Tage hier in den Bergen würden wohl auch ausreichen für eine Auszeit und überhaupt. »Wir machen uns auch eine schöne Woche«, sagt sie, »lassen den Pizzakurier und den Sushi-Service kommen, ziehen uns ein paar Filme rein, und am Samstag gehen wir shoppen.«

Josch hat keine Lust auf Filme nach Inges Wahl mit jämmerlichen Figuren in irgendeinem dänischen oder finnischen Kaff. Er geht lieber mit Pietro auf Klautour. In nur drei Runden haben sie zwei Handys, einen Füller und eine Mütze eingesammelt, und Pietro hat noch ein Paar Nikes abgestaubt. Darüber hat Josch sich aufgeregt. »Blödmann. Wo soll ich so große Dinger verstecken?« Pietro hat die Schuhe in ein Gebüsch geworfen und ist wortlos davongelaufen. Alle laufen weg, denkt Josch. Vielleicht sollte ich auch mal.

Wenn seine Noten in Französisch und Mathe so bleiben wie jetzt, schafft er die Probezeit nicht. Bis Ende November muss er besser werden, sonst ist Schluss mit Gymnasium. Eigentlich will er es nur schaffen, weil Nick an dieser Schule ist, will das Gefühl haben, Nick sei bei ihm, jetzt und immer.

Inge tut so, als sei ihr das Gymnasium egal. Deine Entscheidung, hat sie gesagt. Dein Leben. Jedoch rinnt ihr der Ehrgeiz aus allen Poren. Sie hat Heiner beauftragt, mit Josch Mathe zu machen. Sie hat Nick gebeten, Josch keine YouTubes und Videospiele mehr zu zeigen. Sie hat im ganzen Haus Plakate und Zettel aufgehängt mit unregelmäßigen Verben und Kommaregeln. Auf dem Klo hat man sich die vier Fälle einzuprägen, von Nominativ bis Kackativ. Und sie schaut sich heimlich seine Hefte an, er hat sie dabei erwischt. Ob er etwas dagegen hätte, sagte sie, dass sie ihn französische Wörter abfrage, sie würde ihren Wortschatz gerne etwas auffrischen. Jetzt haben sie damit angefangen, und eigentlich ist das ganz gemütlich, etwa wie früher, als sie zusammen puzzelten.

In den Herbstferien wird er wie jedes Jahr mit Nick und Öme auf den Apfelhof von Ömes kleinem Bruder fahren. Um bei der Ernte zu helfen, heißt es. Aber meistens sind dann schon alle Äpfel gepflückt, und er und Nick liegen mit den drei Hunden stundenlang vor dem Fernseher. Vielleicht nimmt er ein bisschen was von dem Schulzeug mit. Damit Inge ihre Ruhe hat. Und sich um Heiner kümmern kann.

Falls er überhaupt wiederkommt.

Heiner

Laut wie Herzklopfen
ist die Schelte des Regens
mit dem Fensterglas

Stürme fangen an
mit Seufzern, und sie enden
mit einem Geheul

Nebel, Meer und Sand
Drei graue Streifen – Flagge
die für mich flattert

Er sitzt im Hotelzimmer am Fenster, ein Haiku ums andere rutscht aus ihm heraus, das beste wird er behalten. Wahrscheinlich das mit der Schelte. Nummer 148. Vor ihm liegt die Wettervorhersage:

9/18 cloudy, a little rain, 10 degrees
9/19 periods of sun, a little rain, 9 degrees
9/20 mostly cloudy, a little rain, 7 degrees
9/21 cloudy, a little rain in morning, 7 degrees
9/22 partly sunny, showers, 7 degrees
9/23 partly sunny, a shower, 7 degrees
9/24 mainly cloudy, a shower, 6 degrees

A little rain! Er hat schon keine trockenen Kleider mehr.

You are lucky, gerade noch ein Zimmer frei, hatte der Concierge gesagt und gestaunt, als Heiner gleich für fünf Nächte buchte. So lange blieben die Gäste im Allgemeinen nicht, sie fuhren bald weiter und absolvierten ihr Programm. Heiners Programm ist einfach: Wenn es regnet, steigt er ins Auto, fährt um die Halbinsel, macht Abstecher zum Strand. Wenn ein Stück blauer Himmel sichtbar wird und das Moos grün aufleuchtet, macht er sich auf zum Klippenpfad ins Nachbardorf, kletternd und wandernd durchs glänzend nasse Kraut. Weniges kennt er mit Namen, Thymian, Schafgarbe, Blaubeeren, Heidekraut. Wellen mit Schaummützen rauschen um die Felssäulen, schwappen in die Uferhöhlen, draußen auf dem Meer tut sich nichts, keine Schiffe, keine Wale, nur die Möwen und Kormorane auf den Klippen bringen schwarzweiß Bewegung ins Bild. Vermutlich sind es Kormorane, er weiß nicht einmal das. Hätte was anderes lernen und werden sollen fürs Glück, sitzt jetzt in der kantonalen Verwaltung und da bleibt er, wie die Schaummützen, die auf ewig in die Felsenhöhle gerollt sind. Immer wieder mal nestelt er das Handy aus der Innentasche der Windjacke. Kein Empfang. Und wenn da Empfang wäre, so hätte er doch keine neuen Mitteilungen. Er weiß es. Und doch wartet er auf eine Nachricht wie auf ein Wunder. Er steht und wartet, und der Wind fällt ihn so heftig von hinten an, dass er schwankt. Ins blaue Himmelsstück winselt der weiße Snæfellspitbull, so ähnlich heißt der alte Vulkan, gerne würde er den magischen Berg besteigen, aber dafür ist es zu spät im Jahr, hat der Concierge gesagt.

Durchfroren kriecht er ins Bett, wartet, dass ihm warm wird, hört dem Wind zu, der faucht oder schnaubt, stellt sich vor, wie Inge und die Jungen in der Küche sitzen, vielleicht lachen. Möglich, dass da auch noch Tarek sitzt, so wirkt der Tisch voll.

Heiner, Heiner, bist mir einer, sagte Lehrer Reichmuth in der sechsten Klasse, und die anderen sagten es ihm nach. Heiner, Heiner, bist mir einer, wenn Heiner etwas ausgefressen hatte, ja was denn, nichts Großes, nie, von Fressen kann gar nicht die Rede sein, er hat höchstens geknabbert, genascht, geleckt, ist nie ganz satt geworden, bis heute.

Nick

Shit number one: Herr Petermann hat einen Tumor im Bauch, das sagt der Tierarzt. Rausschneiden sei möglich. Josch hat zuerst gemerkt, dass mit Herrn Petermann etwas nicht stimmt, er riecht anders, hat Josch gesagt, und er springt nicht mehr aufs Bett. Shit number two: Heiner ist nach Island abgehauen, lässt Inge schmoren, und – shit number three – die tut so, als wär alles wie immer. Shit number four: Soeben hat er am Telefon erfahren, dass Nora kein Ketchup hat, wie sie sagt. Muss aber noch nichts heißen, und sie nimmt ja die Pille. Na ja, sie hat sie auch schon vergessen. Und damals vor den Ferien, hat sie sie da genommen? Das ist acht Wochen her oder neun. Seither haben sie nicht mehr. Wo sollten sie denn. Nur noch Geknutsche. Warum hat sich Nora eigentlich die Pille verschreiben lassen? Zum ersten Mal denkt er, dass er zu wenig von ihr weiß. Er sollte sich hinsetzen und eine Reihe von Fragen für sie aufschreiben. Dann könnte sie nicht anders als antworten. Meistens ist es so, dass sie auf eine Frage hin lachend davonschwirrt, in ein anderes Thema. Wechselt den Baum wie ein Vogel. Ist ja eigentlich egal. Hauptsache, sie bleibt da, wenn er ihr hinten in der Paulskirche den Reißverschluss öffnet und sie von der Sitzbank hochzieht, damit er mit beiden Händen unter den Slip fahren kann. Die eine Hand hält ihre weiche Pobacke, die andere greift ihr zwischen die Beine. Kniend geht es nicht. Sie tasten sich streichelnd ab, und wenn jemand die Kirche betritt, bleiben die Hände reglos wie die der Heiligenstatuen, bis die Schritte an ihnen vorbeigegangen sind.

Manchmal denkt er an Serena.

»Was machst du, wenn Heiner nicht zurückkommt?« Er fragt, als er Inge am Herd stehen sieht, wo sie rührt und rührt. Inge dreht sich um, schaut ihn an, als hätte sie ihn noch nie gesehen, und sagt »Warum sollte er nicht kommen?« »Wäre ja immerhin eine von zwei Möglichkeiten«, sagt er. Inge wirft die Kelle nach ihm, er duckt sich, hebt die Kelle auf, legt sie auf den Tisch. »Danke«, sagt Inge.

Und jetzt shit number five: Nora sagt ihm vor der Kirche, dass sie von der Schule abgeht. Schon nach den Herbstferien fängt sie eine Lehre an. Bank. In Thalwil. Sieben Bahnminuten.

Er hat gewusst, dass er zu wenig von ihr weiß.

Gar nichts hat er von ihr gewusst.

Sie hat ihm nicht gesagt, dass ihr letztes Zeugnis eine Katastrophe war, dass sie die Klasse hätte wiederholen müssen, dass der Bruder während der Sommerferien eine Lehrstelle für sie gesucht hat. Nichts hat er erfahren, nichts hat er geahnt. Sie ging in die Parallelklasse und schien ganz zufrieden. Wenn er über Noten sprach, wollte sie nichts davon hören. Und nun das. Ihre Mutter sagt: Entweder die Banklehre oder ab nach Rumänien. Mit den Treffen in der Kirche wird es bald vorbei sein. Jetzt hat sie einen anderen Weg, jeden Morgen, jeden Abend, jedes Jahr. Shit number thousand.

Diesmal sitzen sie in der Kirchenbank und halten sich bloß die Hand.

Auf dem Nachhauseweg sieht er, dass aus Kolbrats Hause eine Bahre herausgetragen und in ein weißes Auto verladen wird. Wer war denn das?

»Es war Kolbrat«, sagt Inge. Es heißt, er sei tot. Warum? Inge hebt bloß die Schultern. Sonst weiß sie doch immer alles.

Inge

Ist sie wütend, beleidigt, erschreckt, verletzt? Sie weiß es selber nicht. Traurig ist sie nicht, das nicht. Vergnüg dich doch in deinem Island, hat sie erst gedacht, ich vergnüg mich derweil in meinem Haus. Ist nicht weit zu Tarek, ich geh, wenn die Jungen schlafen, ich klopfe zweimal mit dem Zeigefinger an seine Tür, er wird den Vorhang zu- und ich das Kleid ausziehen. Aber jetzt ist Heiner bereits drei Nächte weg, und sie war nicht wieder bei Tarek.

»Kann ich dich Wörter abfragen, Josch?« »Dazu hab ich jetzt eine App, wie du weißt.« Ja, sie weiß, Nick hat sie für Josch heruntergeladen. Nun schließt sich Josch damit ein, und sie hat nichts zu reklamieren, wo er doch lernt, wie er sagt. Kein gemütliches Vokabellernen mehr in der Küche mit Kuchen und Fettflecken im Heft. Kann es sein, dass Josch ihr die Schuld an Heiners Verhalten gibt? Kann es sein, dass sie sich die Befremdung in seinem Blick nur einbildet? Ihr ist bang vor dem Moment, wenn sich alle vier wieder vereint am Küchentisch niederlassen, vor der neuen Höflichkeit. Wahrscheinlich eine Woche bleibe er weg, hat Heiner am Telefon gesagt, das wären dann noch vier Tage. Vielleicht müsste sie sein Bett neu beziehen.

Nie hat sie genug Zeit, aber jetzt, wo Heiner weg ist, hat sie plötzlich zu viel davon und muss sie loswerden. Sie hat das Wohnzimmer umgestellt, die Bilder neu gehängt, die Kabel anders gesteckt, die Zierkissen entsorgt. »Aha«, hat Nick dazu gesagt, »auch eine Möglichkeit.« Am nächsten Tag hat sie schwitzend wieder alles so eingerichtet wie vorher. Sogar Heiners Zeitschriften hat sie möglichst unordentlich wieder unter den Sofatisch gelegt.

Einmal geht sie in Heiners Gartenklause und schaut sich um. Alles ist aufgeräumt, der Papierkorb leer, der Stuhl stramm am Tisch. Nur eine Leimtube ist offen, sie findet den Deckel am Boden und schraubt ihn auf. Heiner, was machst du.

Als sie mit frischer Bettwäsche die Treppe hochsteigt, hört sie es hämmern in Nicks Zimmer. Er steht auf einem Stuhl und nagelt große Kartonstücke an die Fensterrahmen, sodass man nicht mehr hinaussieht.

»Nick, bitte, was tust du denn da?« »Siehst du doch.« »Aber so kannst du das Fenster ja nicht mehr aufmachen.« »Ich will das Fenster nicht mehr.« »Warum?« »Weil sich der Kolbrat in der Ulme erhängt hat.« »Wer behauptet denn so was?« »Tarek. Er hat den Sanitäter gefragt.« »Das ist ja schrecklich. Aber trotzdem.« »Trotzdem was?« »Hast doch den Kolbrat gar nicht gemocht.« »Eben. Jetzt hat er noch meinen Baum versaut.«

Heiner

Nach vier Tagen Nässe und Wind hat er genug. Er kommt sich vor wie der Garagenmann, stolpert dahin, dorthin, weiß nicht, wo er landen wird. Was soll er hier noch. Die einzige Spannung besteht darin, dass er Inge nicht genau gesagt hat, wann er zurückkommt. Er will sie bestrafen, ohne zu wissen wofür. Josch und Nick müssten hier sein, mit ihnen möchte er gegen den Wind über die Klippen laufen und Ausschau halten nach einem Wal, einem Kahn, einem Ungeheuer. Möchte ihnen zuschreien: Passt auf, steil, rutschig, gefährlich, wartet auf mich! Als er beim Concierge die Rechnung bestellt, nickt dieser verständnisvoll, wartet nicht auf eine Erklärung, warum Heiner vorzeitig abreise.

Es ist Freitag, am Sonntag fliegt er nach Hause. Zwei Tage muss er sich noch um die Ohren schlagen. Er beschließt, auf Umwegen zurück Richtung Reykjavik zu fahren und sich gegen Abend nach einem Hotelzimmer umzuschauen.

Das mit den Umwegen erweist sich als schwierig. Meistens würde er nach Abzweigungen auf Schotterstraßen landen, und auf diesen darf er mit seinem Mietautotyp nicht fahren. Also nimmt er den gleichen Weg zurück, eine Zeit lang singt er, weil das Autoradio noch immer nicht funktioniert, eine Zeitlang sucht er Reime – Vulkane, Banane, Germane, Soutane. Fjord, Lord, Nord, Mord –, und endlich, vor dem Unterwassertunnel, kann er von der Schnellstraße ausscheren. Jetzt zockelt er einen Fjord entlang, sieht Berg um Berg, mal braun, mal schwarz, und Bucht um Bucht, mal grau, mal grün, und Hang um Hang, mal Moos, mal Gras. Eigentlich findet er's langweilig. Er hält an, steigt aus und duckt sich im Wind. Am Frühstücksbuffet hat er sich noch heimlich mit Proviant eingedeckt, hat Hosen- und Jackentaschen gefüllt. Im Windschutz der Straßenmauer kauernd isst er hastig, schaut sich um, sieht nichts von Belang und fängt erneut an zu reimen. Brötchen, Nötchen, Pfötchen. Käse, Fräse, Polonaise.

Als er wieder ins Auto steigt, beginnt es zu regnen.

Um zwei Uhr nachmittags ist er an der Südküste. Unter wildem Gewölke liegt das Meer ruhig, als wär es sediert. Der Sand ist schwarz. Das Kaff heißt Eyrarbakki. Da will er bleiben. Das Guesthouse 77 hat noch ein Zimmer frei, mit Doppelbett und Schlafsofa für zwei. Hier hätte die ganze Familie Platz. Noch im Stehen überfällt Heiner das große Weinen. Er schluchzt hemmungslos. Wirft sich mit den Schuhen aufs Bett, weint, winselt. Als er aufwacht, ist nach wie vor Tag. Die Kissen sind schwarz wie der Sand.

Und jetzt? Das Heritage Museum sei geöffnet bis sechs, sagt die Frau am Empfang, aber nur noch ein paar Tage. Heiner ist so dankbar, als hätte man das Museum für ihn erbaut. Was sollte er sonst hier machen. Inzwischen sind die Wolken weg, Sonne scheint, wenn auch nicht warm. Er hat geschwollene Augen.

Es ist das wunderbarste Museum, in dem er je gewesen ist. Die Zimmer sind so, als wären die Bewohner vor hundert Jahren nur schnell hinausgehuscht, da sind noch ihre Kaffeetassen, das Bügeleisen auf dem Brett, der angefangene Brief, die aufgeschlagenen Musiknoten, die ausgepackten Spielsachen, und da sind noch ihre Geister. Schau, Heiner, wispern sie, wir hatten alle zwei Leben, eins allein und eins mit den andern, so wie du, du weinender Schafskopf. Meistens rennt Heiner durch die Museen, hier bleibt er stehen, etwa vor dem Grabtuch der Ingibjörg Jónsdóttir, geboren 1875. Sie kommt mit fünf Jahren in die Familie des Reverend Valdimar Briem, hat eine glückliche Kindheit, heiratet den Schreiner Guðmundsson, sie sind arm und emigrieren nach Kanada. Ingibjörg hat drei Kinder und zeitlebens Heimweh. Reverend Briem schickt ihr aus Island getrocknete Blumen.

Die bewahrt sie fünfzig Jahre lang auf und näht sie dann in ihr gesticktes Sargtuch. Sie stirbt 1964.

Heiner beschließt, mal auszurechnen, wie viele Menschen bis jetzt gelebt haben.

Nick

Sie wolle nicht, dass er in einem Zimmer ohne Frischluft schlafe, sagte Inge. »Dann gib mir das Kellerzimmer!« Er schrie sie an. Das gehe nicht, das wisse er doch. »Du und dein Tarek!«, schrie er. Es sei nicht ihr Tarek, schrie sie zurück.

Sein Baum. Inge versteht nicht, wie viel ihm die Ulme bedeutet. Sie weiß nicht, wie oft er am Fenster gestanden hat. Er hat auf ihre Blätter gewartet. Ist kopfvoran ins Grün getaucht. Hat in den Zeichen der kahlen Äste gelesen. Das kann er nun nicht mehr.

Der Baum ist der Tod.

Streit mit Inge. Sie hat die Kartons vom Fenster gerissen. Er hat sein Bettzeug die Treppe runtergeworfen. Und Josch hat gerufen »Lass Nick in Ruhe, hau ab«.

Jetzt haben sie die Betten getauscht. Inge wird in Nicks Zimmer schlafen, und Nick zieht nach oben ins Elternbett. »Dann sehen wir weiter«, sagt Inge.

Lange her, dass er im Elternbett war. Früher schlüpften Josch und er rein, wenn sie schlecht geträumt hatten oder fieberten. Und jeweils am Sonntagmorgen zum Auslosen, wer Frühstück macht. Jetzt meint er, das Bett sei kürzer. Auf jeden Fall ist es ungemütlicher, weil Heiners Seite unbenutzt ist. Geschieht Inge recht. Hoffentlich träumt sie von Kolbrat.

Er geht nicht mehr zurück in sein Zimmer.

Die sollen endlich Tarek loswerden.

Oder er, Nick, zieht aus.

Nora hat er nicht mehr getroffen, seit sie ihm gesagt hat, sie mache eine Banklehre. Im Schulhaus weicht sie ihm aus, und sie geht nicht ans Handy. Er will ihr von Kolbrat erzählen, will hören, wie sie »Krass!« sagt, will von ihr umarmt werden. Als er an ihrer Wohnungstür klingelt, hat er Angst, dass die enorm muntere Mutter aufmacht und ihn abwimmelt. Aber niemand macht auf. Er klingelt noch mal. Jetzt reißt jemand die Tür so plötzlich auf, dass Nick einen Schritt rückwärts tut, es ist der Mann, der wohl Noras Bruder ist. Nora? Nein, die sei nicht da. Die sei in den Ferien. »Aber, wir haben doch Schule«, stammelt Nick. Nein, Nora gehe nicht mehr in die Schule, sie habe jetzt einen Job, und bevor sie anfange, sei sie noch mal nach Rumänien gefahren. »Kann ich ihr was ausrichten?«, sagt der Mann, die Tür schon halb zu. »Ja, von Nick«, sagt Nick. Erst auf dem Nachhauseweg merkt er, dass er nicht gesagt hat, was auszurichten wäre. Ja, was? Was soll er Nora noch sagen, wo sie einfach verschwindet … Wenn sie zurückkommt, sind Herbstferien, er wird mit Josch auf dem Apfelhof sein, bei Ömes Bruder, wie jedes Jahr. Und danach. Danach kann Nora warten, dann ist *er* dran mit Zappelnlassen.

Jetzt ruft er erst mal Serena an.

Josch

Tarek kommt nicht mehr zum Lernen in die Küche. Josch weiß nicht, was er die ganze Zeit in seinem Kellerzimmer treibt. Einmal hat er an die Tür geklopft und »Hallo, wie geht's« gesagt. Da lief albanisches Fernsehen, Josch nimmt mal an, dass es albanisch war. »Hast du keine Hausaufgaben mehr?«, hat Josch gefragt, und Tarek hat den Kopf geschüttelt und ihm eine Schachtel mit diesem Zuckergummizeug hingestreckt. »Süß wollen?« Nein, danke bestens.

»Süß wollen«, sagt Josch in der Küche, wo Inge weint beim Zwiebelschneiden. »Was?«, fragt sie. »Süß!«, sagt Josch und steckt suchend den Kopf in den Schrank. »Süßes gibt's erst nach dem Essen«, sagt Inge wie gewohnt. »Warum taucht Tarek eigentlich nicht mehr zum Lernen bei uns auf? Er muss doch jetzt dann diese Prüfung machen.« Inge schneidet eine weitere Zwiebel und wischt sich das Augenwasser weg. »Soll ich ihn mal holen?«, fragt Josch. »Lass nur«, sagt Inge, derweil sich Josch eine Schokowaffel in den Mund schiebt. »Was von Vater Heiner gehört?« Inge schüttelt den Kopf.

Josch schnappt sich noch eine Packung mit Vanillewaffeln und geht hoch zum Elternzimmer, wo Nick mit seinem Laptop zwischen Heiners Kissen sitzt. »Gib her«, sagt Nick und zeigt auf die Waffeln. »Süßes gibt's erst nach dem Essen«, sagt Josch. »Was läuft da unten?«, fragt Nick. »Tränen«, sagt Josch.

Josch streckt sich auf Inges Bett aus und hört eine Weile zu, wie Nicks Finger auf den Laptop tippen, klingt ein bisschen wie Regen gegen Fensterscheibe. Er wundert sich, was Nick machen wird, wenn Heiner heimkommt und sein Bett wiederwill. »Ich gehe nicht zurück in mein Zimmer«, sagt Nick, ohne dass Josch gefragt hat. »Wohin dann?«, sagt Josch. »Ich schlafe in der Badewanne.« »Und wenn Nora kommt?« »Nora kommt nicht mehr.«

SCH SCH. Nora kommt nicht mehr.

Noch etwas kaputtgegangen auf dem Dreher'schen Planeten.

Wenn er jetzt mit Pietro unterwegs ist, läuft gar nichts mehr. Bei allem, was Josch vorschlägt, sagt Pietro »nö« oder »egal«. Er wirkt so schlaff, als hätten ihn seine Alten leer gepumpt, bevor er ins Internat geht. Dort soll er dann wohl frisch gefüllt werden. Sie treffen sich am See, und es ist langweilig. Sie schlendern durch die Warenhäuser, und es ist langweilig. »Was soll ich mit dem geklauten Zeug machen?«, fragt Josch. »Wirf's weg«, sagt Pietro. »Spinnst du, die ganzen teuren Sachen?« »Dann verschenk's.« »An wen?« »Irgendwelche Asylanten. Ihr hattet doch auch mal einen.« »Den haben wir immer noch.« »Selber schuld.«

Josch mag sich mit Pietro nicht streiten, das lohnt nicht, wo der ja ohnehin bald weggeht. Er zieht die Liste mit den Akronymen aus der Tasche. »Da, fürs Whatsappen.« »Danke sehr«, sagt Pietro, »dann also.«

Wieder klopft Josch an Tareks Tür, hört, wie der Schlüssel gedreht wird, sagt »Hallo, wie geht's«. »Es geht mir gut«, sagt Tarek, »und wie geht es Ihnen?« »Ihnen? Du meinst den anderen?« »Nein, ich meine du.« »Du meinst dir.« Tarek lacht. »Ich sage falsch, ich meine richtig.« »Soll ich dir bei den Hausaufgaben helfen?«, fragt Josch. »Ja, bitte«, sagt Tarek, »du helfst, ich bezahle. Mit Wurst, ich habe neues aus Albanien.«

Sie sitzen auf dem Bett, Tarek schneidet Wurst in feine Scheibchen, Josch liest den Text, in dem Lücken zu füllen sind.

Am Abend --- die ganze Familie um den Tisch. »--- es?«, --- die Mutter. »Ja«, --- die kleine Anna, »ich --- jeden Tag Pizza ---.« Der Vater --- und --- einen Schluck Rotwein. »Man --- sich doch nirgends so gut wie zu Hause«, --- die Mutter. Und Anna --- fröhlich in die Hände.

sitzen/schmecken/fragen/antworten/wollen/essen/nicken/trinken/fühlen/sagen/klatschen

»Das ist eine blöde Übung«, sagt Josch. »Warum?«, fragt Tarek, und Josch sagt: »Ich lese sie dir vor.«

Am Abend kotzt die ganze Familie um den Tisch. »Stinkt es?«, schreit die Mutter. »Ja«, heult die kleine Anna, »ich muss jeden Tag Pizza fressen.« Der Vater rülpst und säuft einen Schluck Rotwein. »Man erbricht sich doch nirgends so gut wie zu Hause«, seufzt die Mutter. Und Anna spuckt fröhlich in die Hände.

»Ich verstehen nicht ganz«, sagt Tarek.

»Familienleben«, sagt Josch.

Heiner

Er sitzt am Strand, der Wind lässt seine Jacke flattern. Das Meer ist graues Tuch mit weißer Spitze. Würde er nach Westen schwimmen, käme er nach Grönland, nein, nach einem Kilometer ginge er unter, Schluss mit Heiner. Er könnte auch untertauchen, indem er in Reykjavik einen Platz auf einem Frachter suchte, allgemeine Richtung Kanada, er ist jetzt fünfundvierzig, jung genug für noch mal so viele Jahre in einem neuen Leben. Würde mit neunzig sterben, einen rotgoldenen kanadischen Herbstwald vor Augen.

Morgen ist er zu Hause.

Er hat nicht ein Mal an die Mäkle gedacht.

Im Hotelzimmer in Reykjavik liegt er lange wach nach einem hastigen Essen, zu viel, zu fett, und dann noch die zwei isländischen Schnäpse. Er will den letzten Abend hier für ein Haiku nutzen, versucht es mit Sturm und Gischt und Kormoran, aber es wird nichts draus, immer hat er sein Haus vor Augen, die Küche, Josch und Nick am Tisch, er geht die Treppe hoch, findet Inge schlafend im Bett, weiß nicht, ob er sie wecken soll. Er stellt sich vor, das Haus würde eingefroren und hundertfünfzig Jahre später wieder aufgetaut und als Museum eröffnet: Besucher beugen sich über seinen verstaubten Computer und über Herrn Petermanns Katzenteller mit künstlichem Futter, am Treppengeländer baumelt Inges knallroter BH, in den Zimmern der Jungen läuft permanent der Song »Perfect«, auf seinem Nachttisch liegt aufgeschlagen das »Handbuch der Möbelrestauration« und drunter der Gedichtband »Später Spagat« von Robert Gernhardt sowie eine Tube Nasensalbe. In jedem Zimmer der Hinweis »Bitte nichts anfassen«.

Er wird alles anfassen, wenn er heimkommt, Joschs Turnschuhe mit den durchgetretenen Fersen, Inges Mulden hinter den Ohren, Nicks blauen Wutanfall-Tintenfleck beim Eingang. Sein Haus, seine Menschen, sein Leben.

Geschenke muss er noch kaufen. Damit kann er die fragenden Blicke verscheuchen. Wenn er ankommt, werden alle schon schlafen. Und das Frühstück am Montag wird kurz sein, sie werden davonstürzen, zur Schule, zur Arbeit. Er wird sich bei Chef Waldemann zurückmelden: Ja, danke, hat gutgetan, mal weg von allem, diese Einsamkeit, diese Weite, unglaublich, es war eine wunderbare Woche.

Es war eine grässliche Woche.

Wenn nur endlich der Schlaf käme.

Inge

Die Bettdecke wird angehoben, sie spürt die Hand an ihrer Schulter, Heiners Hand, sie kennt sie im Dunkeln. Jetzt schiebt sich der ganze Heiner unter die Decke, an ihre Seite, sie warm, er kühl. Er ist zurück.

»Warum bist du in Nicks Bett?«, flüstert er. »Sag ich dir morgen«, flüstert sie, und dann umarmt sie ihn oder er sie. Erst halten sie einander nur kraftvoll fest, wie etwas Schweres, das nicht fallen darf. Dann steigt der Bär in die Beeren, das hat sie früher immer gesagt. Sie öffnet die Beine und spürt Heiners Gewicht und seinen vertrauten Geruch und seine Bärentatzen, die sind federleicht und zärtlich. »Die Beeren sind reif«, sagt sie. Es ist schön, ist wieder schön, sie bäumt sich auf und lässt sich sinken, tief hinab in Nicks Matratze und in vergangene lustvolle Jahre.

Eine Wand ist weg.

Eine Helle ist da.

Wer zum Teufel hat die Wand eigentlich aufgestellt.

Das Montagsfrühstück spielte sich wie immer in großer Hast ab. Josch sagte zu Heiner »Wieder da?«, und Nick sagte »Wie war's?«, dann rissen sie die Geschenkpakete auf. »Cool«, sagte Josch, »Ja, cool«, sagte Nick, und alle am Tisch wussten, dass sie die Islandpullis nie anziehen würden. Inge rollte den runden rosagrauen Stein zwischen den Handflächen. »Von der Küste, ein Glücksbringer«, hatte Heiner gesagt.

Glück, dieses diffuse unfassbare Gewölk, schwebte tatsächlich überm Küchentisch.

Noch zwei Wochen bis zu den Herbstferien. Bis dann muss sie sich entscheiden, ob sie die vier zusätzlichen Wochenstunden übernehmen soll, die ihr der Schulleiter angeboten hat. Nick und Josch werden nichts dagegen haben, dass sie weniger Zeit für sie hat, im Gegenteil, sie tun die ganze Zeit schon so, als seien sie überbetreut. Und Heiner wird ebenso zustimmen. Neuanfänge sind angesagt. Wenn die Jungen auf dem Apfelhof sind, will Heiner den Dachboden isolieren und einrichten, Nick soll dort oben einziehen. Heiner war entsetzt, als ihm Inge die Geschichte vom erhängten Kolbrat und von der versauten Ulme erzählte. Tarek sei ein Idiot, sagte Heiner, Tarek hätte Nick nichts davon sagen sollen. Inge nickte. Es war das erste Mal, dass sie Tarek nicht in Schutz nahm.

Sie und Heiner gehen weiterhin in Nicks Zimmer ins Bett. Sie machen die Nachttischlampe gar nicht erst an, liegen eine Weile nebeneinander auf der schmalen Matratze, Inge registriert das angenehme Glimmen unter der Haut, gleich wird der Bär in die Beeren steigen.

Oktober

Nick

»Warum erzählst du uns nichts«, fragt er und spürt das schnelle Erschrecken rund um den Tisch. Bis jetzt hat niemand Heiner so direkt gefragt, eine ganze Woche lang. Gut, dass die Frage mal draußen ist. Sie sitzen alle beisammen, weil Heiner ein Festessen gekocht hat, vielleicht zur Feier seiner eigenen Rückkehr. Lammkeule mit allem Drum und Dran. »Am besten, ihr fragt mich aus«, sagt Heiner. »Ist es wahr, dass die Isländer Wal fressen?«, fragt Josch. Das seien vor allem die Touristen, sagt Heiner, und Josch hakt nach, wie die Wale denn gekillt würden, und Heiner sagt, mit Granaten, die an den Harpunen stecken und im Wal explodieren, und wenn der Wal dann noch nicht tot sei, werde er mit dem Gewehr erschossen, aber Island sei ein Land fast ohne Schusswaffen, ganz anders als die USA. Nick merkt, dass Heiner nicht erzählen will und geschickt abschwenkt auf das Attentat in Las Vegas. Sie haben sich vorhin die Tagesschau angesehen. Ein Irrer hat vom 32. Stock eines Hotels in die Menschenmenge eines Musikfestivals geschossen. 58 Tote und Hunderte von Verletzten. »Inge, warum holst du nicht Tarek? Ich habe viel zu viel gekocht.« Josch solle ihn holen, sagt Inge, und schon steht Tarek da, als habe er nur auf eine Einladung gewartet. »Hast du das gesehen in Las Vegas?«, fragt Heiner. »Ja«, meint Tarek, »sehr furchtbar ist, Mörder muss getötet sein«. »Der ist schon tot«, sagt Heiner, »hat sich selbst erschossen.« Dann tot ihn aufhängen sollen, meint Tarek noch, bevor er sich an Fleisch und Bratkartoffeln macht. Inge schaut zu Nick, und Nick ist klar, warum: Sie hätte ihm das Wort Aufhängen ersparen wollen. Es ist nur noch Tarek, der isst, die anderen haben beim Bild des aufgehängten Toten damit aufgehört. »Du gut gekocht«, sagt Tarek zu Inge. »Gibt es in Albanien die Todesstrafe?«, fragt Heiner. »Nicht«, sagt Tarek, »schade ist. Viel Mörder in Regierung hat.«

Am Sonntagmorgen, als er seine Tasche für den Apfelhof packt, ruft Serena an. Sie weint. Thor ist tot, der Hund, überfahren. Nick hört zu, wie sie weint. Er prüft fieberhaft tröstliche Sätze, sie kommen ihm alle falsch vor. »Tod ist was Schreckliches«, sagt Nick und findet es unpassend, noch während er es sagt. Ja, sagt Serena, furchtbar. Ob er auch alles lese über dieses Attentat in Las Vegas. Heute Morgen habe der Pastor im Gottesdienst etwas Seltsames gesagt: Sie sollten mal Sacharja 2, 10-17 googeln, die Zahl entspreche dem Tag nach dem Attentat. »Das ist unheimlich«, sagt Serena. Das Weinen ist fast weg. Sie wünscht ihm schöne Ferien, »bis bald«.

Nick gibt Sacharja 2, 10-17 ein und liest:

> *Auf, auf! Flieht aus dem Lande des Nordens!, spricht der HERR; denn ich habe euch in die vier Winde unter dem Himmel zerstreut, spricht der HERR. Auf, Zion, du wohnst bei der Tochter Babel, entrinne …*
> *Sacharja 2, 10-17*

Wer zum Teufel ist Sacharja?

Heiner

Irgendwann wird er es Inge sagen müssen. Am besten am Jahresende, dann könnte er behaupten, das ganze Ressort werde umstrukturiert wegen neuer Sparpläne der Regierung. Aber vielleicht wird sie bereits Anfang November in den Kontoauszügen sehen, dass sein Salär um tausendeinhundert Franken gekürzt ist. Das mit den anonymen Briefen sei noch nicht geklärt, hatte Waldemann gesagt, als Heiner sich nach den Ferien zurückgemeldet hatte. Ungute Sache, das. Er habe deswegen mit einigen Mitarbeitern und Mitarbeiterinnen Gespräche geführt, und da habe sich leider gezeigt, dass Heiner Dreher wenig anerkannt werde, dass seine Führungsqualitäten bezweifelt würden. Er habe, um das Arbeitsklima nicht zu gefährden, sofort Maßnahmen ergreifen müssen. »Eine davon ist Ihre Versetzung, Herr Dreher.« Wie bitte? »Sie werden von der Position als Ressortleiter entlastet und werden stattdessen die Leitung einer Abteilung übernehmen, die für Sie überschaubarer ist.« Du alter mieser Heuchler, dachte Heiner, und das alles hinter meinem Rücken. »Die Abteilung Service und Vertrieb ist gerade verwaist, dort wird man froh sein um Ihre vielseitigen Erfahrungen.« Spätestens jetzt begriff Heiner, dass Waldemann ihn verdächtigte, die Briefe selbst geschrieben zu haben. Aufbegehren war nicht drin. Waldemann lächelte so freundlich wie immer. Heiner solle doch bitte sein Büro in den nächsten Tagen frei machen. Frau Mäkle werde ihm sicher dabei helfen. Frei machen, hatte Waldemann gesagt, machen Sie sich frei, ziehen Sie sich aus, entblößen Sie sich, vor Frau Mäkle und der ganzen Welt.

Was soll er Inge erzählen.

Sie wird alles wissen wollen.

Auch das mit den Briefen.

Aber das sagt er niemandem.

Inge hat den Dachboden geräumt. Sie ist Weltmeisterin im Wegschmeißen. Aber einmal hat sie geheult, sie hat den Holzstall mit den Pferdchen und Kühen auf dem Küchentisch aufgestellt, hat sich davorgesetzt und geheult. Heiner weiß schon, warum. Der Stall hat Nick und Josch durch die Kindheit begleitet, und die ist vorbei. Heiner und Inge haben immer mal wieder ein neues Tier dazugekauft. Sogar jetzt noch, in einem Laden in Reykjavik, hat er ein kleines Holzschaf in die Hand genommen und mit Bedauern wieder ins Regal gestellt. Vorbei ist vorbei. »Was machst du damit?«, fragte er. »Behalten«, sagte sie. »Wenn ich sterbe, will ich in der linken Hand den Esel und in der rechten das schwarze Schweinchen halten. Denk dran.«

Geräumt und weiß gestrichen wirkt der Dachboden groß und luftig. In der Luke ist nun ein Fenster, das sich öffnen lässt, das hat ein Schreiner gemacht, und den Teppichboden verlegt Heiner selber. Inge war beim Einkauf dabei, wollte den blauen Teppich mit gelben Tupfen, aber er hat sich durchgesetzt: ein helles Grau, das wird Nick gefallen.

Sie schlafen weiterhin in Nicks Zimmer, auch jetzt, wo der in den Ferien ist und das Elternzimmer wieder frei wäre. Sie haben in seinem schmalen Bett ihre Liebe wiedergefunden. Dieser Satz ist Heiner beim Teppichverlegen eingefallen, er findet ihn schön, und undramatischer lässt sich nicht sagen, was sich zwischen ihm und Inge ereignet hat.

Inge

»Ich viel warten«, sagt Tarek. Sie begegnen sich vor der Haustür, er geht, sie kommt. »Ich warte viel«, sagt sie, »das wäre korrekt.« Er schaut sie fassungslos an, hat etwas anderes aus ihrem Mund erhofft. »Gehst du arbeiten?«, fragt sie, da ist er schon weg. Sie schaut ihm nicht nach.

Sie macht sich hastig in der Küche zu schaffen, räumt den Kühlschrank aus, knallt Ware auf den Tisch und in den Müll. Sie muss diesen Blick loswerden. Diesen schon fast flehenden Blick. Ich viel warten. Was hat sie sich bloß gedacht. Nichts hat sie sich gedacht. Hat seine straffen Schultern angefasst, ihre Zunge ausgefahren und beide Hände in seine Pobacken gekrallt, als sein Penis hart wurde. Nichts gedacht. Hat sich reiben, lecken, rammeln lassen. Nichts gedacht. Außer: Mach, mach, mach! Und: Neu streichen!, als sie im Orgasmus die gilbige Zimmerdecke sah.

Sie muss ihn loswerden, den albanischen Polizisten, den sie sich angeschafft hat aus verlegener oder verlogener Hilfsbereitschaft. Sie kann die Vorstellung nicht aushalten, dass sie jeden Tag seinem Blick ausweichen muss. Einem bittenden, flehenden, vorwurfsvollen, beleidigten Blick. Sie muss ihn loswerden, bevor er Heiner informieren kann.

Der Bär ist wieder da und steigt in die Beeren.

Öme hat angerufen. Die Stimmung auf dem Apfelhof ist nicht die beste. Der März war zu warm und der April zu frostig, das hat den Bäumen geschadet, und jetzt ist die Ernte nur halb so groß wie üblich. Damit sie nicht bloß so herumsitzen, hat sie Angelruten organisiert, jetzt geht sie mit Nick und Josch fischen. »Die lachen sich krank wegen mir, gestern ist mir beim Auswerfen die Angel in den Haaren gelandet.« Nick hat zwei Felchen gefangen, Josch einen Barsch.

Inge hätte große Lust hinzufahren, aber der Apfelhof ist Öme-Zeit. Da passt sie, Inge, nicht richtig rein. Mit Öme werden die Jungen wieder ein wenig jünger, ein wenig zärtlicher, wilder und kindlicher. Spielen Karten, lesen Comics, werfen einander ins Heu. Vielleicht sind es ihre letzten gemeinsamen Ferien auf dem Apfelhof. Nächstes Jahr sagen sie vielleicht, es gurke sie an. Oder Hans, Ömes Bruder, gibt den Hof auf, er hat's auf der Lunge.

Sie hat sich gerade den Kopf üppig mit Olivenöl eingerieben – das soll das Haar glänzend machen –, da hört sie ein lautes Rauschen aus der Waschküche und im Rauschen Heiners Flüche. Sie rennt. Heiner steht triefnass neben der Waschmaschine und versucht vergeblich, an einer Röhre etwas zuzuschrauben. Wasser spritzt heraus, hoch und heftig wie aus einem Feuerwehrschlauch. »Lach nicht«, schreit Heiner, »bring Tücher!« Sie reißt Betttücher von der Wäscheleine, Heiner stopft sie rund um die Röhre fest, aber das Wasser spritzt sogleich darunter hervor, ein wilder Strahl. »Der Haupthahn!«, schreit Heiner. »Mach den Haupthahn zu!« »Wo ist der?«, ruft sie, und Heiner sucht fluchend die Kellerwände ab, derweil schießt das Wasser rauschend und zischend aus der Röhre und überflutet den Boden. Was da steht und liegt, beginnt sich zu bewegen, Schuhe, Körbe, Kleinkram fangen an zu schaukeln.

Bis die Männer von der städtischen Wasserversorgung auf Inges Hilferuf eintreffen, steht das Wasser im ganzen

Keller drei Zentimeter hoch. Sie sieht Heiner schlottern, und Lachen überfällt sie wie ein Schluckauf.

Tareks Schuld, sagt Heiner. Wegen Tarek habe es aus der Waschmaschinenröhre getropft, und das habe er beheben wollen.

Josch

Inge hat beim Apfelhof angerufen, Öme hat abgenommen und rapportiert: Man habe Herrn Petermanns Tumor entfernt. Und sie hätten im Keller einen Wasserschaden gehabt, alles überschwemmt, außer Tareks Zimmer. »Inge ist ziemlich durcheinander«, sagt Öme, »muss das ganze Zeug nun trocknen oder entsorgen.« Und da seien zwei Schachteln mit seltsamer Ware zum Vorschein gekommen, teure Sachen, nagelneu, Handys, Füller, Brillen, Uhren. Inge habe keine Ahnung, von wem das stamme, es sehe aus wie Diebesgut, habe Heiner gesagt.

Josch schluckt. SCH SCH. Das Zeug ist also entdeckt. Und er, Josch, hat jetzt alles am Hals, Pietro hockt in seinem Zuchthaus und lässt nicht mehr von sich hören. Das gibt eine Riesensache mit Inge und Heiner, er kann sich schon ihre Gesichter vorstellen: Josch, das darf doch einfach nicht wahr sein. Wozu hast du das alles gestohlen und wann und wo und wie.

»Gehört vielleicht Tarek«, sagt Nick, »vielleicht hat er

das versteckt.« Öme schüttelt den Kopf. »Der nette Tarek? Der ist doch kein Dieb.«

Sie wird auch sagen: Der nette Josch? Der ist doch kein Dieb.

Ein anderer muss sich finden lassen.

Und Josch weiß auch schon einen. Den Garagenmann!

Er und Nick und die Hunde liegen vor dem Fernseher. Die Hunde sind noch feucht vom See und riechen schlecht. Trotzdem wär's gemütlich auf dem Apfelhof, wär da nicht die Lüge. Es ist wie auf dem Fünfmeterbrett stehen: Soll er in die Lüge springen? Oder nicht springen – und Inge und Heiner alles erzählen? Und was wird dann Nick von ihm denken? Nick grölt gerade, weil Homer Simpsons Bauch den Bildschirm füllt, worauf die Hunde bellen wegen Nicks Grölen. »Was ist?«, fragt Nick, »warum lachst du nicht? SCHLAU?« »Nein, SCH SCH.« Aber Nick hört es nicht, er grölt schon wieder.

Sie waren Idioten, Pietro und er. Pietro vor allem.

Morgen fahren sie alle nach Hause. Mit sechs frischen Fischen. Und einer Riesenladung Joschkacke.

Nick macht auf dem Dachboden das neue Fenster auf und schreit seine Freude hinaus. Ja! Ja! Ja! Sein neues Zimmer ist fertig. Heiner wird umarmt, Inge wird umarmt. Josch wird umarmt. Nur Herr Petermann mochte die Treppenleiter nicht hochsteigen, er wird alt.

Dann gibt es Fisch. Man hört es brutzeln und surren, das Surren kommt vom Keller, das sind die Entfeuchtungsmaschinen. Man sitzt in der Küche, Heiner wieder da, Nick wieder da, Josch wieder da, alles wie gehabt. »Wo sind denn nun die Sachen?«, fragt Nick.

Sie liegen ausgebreitet auf dem Tisch im Wohnzimmer, Heiner hat das gemacht. Uhr neben Uhr, Brille neben Brille, allerlei aus Leder, Füllfedern, die teuer ausschauen, eine Tabakpfeife auf dunkelrotem Samt. Mehr von Pietro als von ihm, Josch. Die Pfeife hat er mitlaufen lassen, Pietro fand's blöd.

»Judihui-du-fettes-Pfui!«, ruft Nick wie früher beim Versteckspiel. »Und was machen wir jetzt damit?« »Die Brieftaschen sind hinüber, Wasserflecken«, sagt Heiner, »die Uhren sind noch in Ordnung, glaube ich. So eine Omega kostet dreitausendzweihundert, hab nachgeschaut.« Inge legt die Füllfedern schöner in die Reihe, seufzt. »Und jetzt?«, fragt Nick. »Inge wird mit Tarek sprechen«, sagt Heiner. »Warum Inge?« »Tarek ist *ihr* Projekt«, sagt Heiner.

Nick legt sich die Omega um. »Sind Josch und ich auch eure Projekte?«, fragt er. Niemand lacht.

Er ist gesprungen. Ist in die Lüge gesprungen. Tief, tief. Ist wieder aufgetaucht, und jetzt ist ihm schlecht. Ist nachts aufgewacht und ins Bad gerannt und hat sich erbrochen. Inge hat es gehört. »Joschele«, sagt sie und streicht ihm übers Haar. »Joschele, das ist vielleicht der Fisch. War der vielleicht doch nicht frisch oder was?«

Inge macht Tee. Aber Tee will er nicht. Was er will: nicht gelogen haben. Er will Josch sein, der von vorher.

Inge

Sie hat Tarek heimkommen sehen, und jetzt klopft sie an seine Tür. Er öffnet, und weil sie nichts sagt, streckt er die Arme aus. »Nicht«, sagt Inge, »komm mit, ich möchte dir etwas zeigen.« Tarek macht den Fernseher aus – Sänger mit Akkordeon –, schiebt den Kochtopf von der Platte und folgt Inge hinauf ins Wohnzimmer. Das Diebesgut, wie Heiner es nennt, liegt noch immer ausgebreitet auf dem Tisch. Beide sagen nichts. Tarek beugt sich über die Uhren und richtet sich wieder auf. »Gehören diese Sachen dir?«, fragt Inge. Tarek schüttelt den Kopf. »Hast du sie schon mal gesehen?« Tarek schüttelt den Kopf. »Das lag im Keller und ist nass geworden bei der Überschwemmung.« »Überschwemmung?« »Als das Wasser kam.« »Ach so«, sagt Tarek, »schade ist, schöne Sachen.« »Sie sind vielleicht gestohlen.« Jetzt scheint Tarek zu begreifen, dass man ihn verdächtigt. Inge sieht sein Erschrecken. Weder hat er die Hände vor den Mund geschlagen noch die Augen aufgerissen, er hat nur mit verzweifelter Heftigkeit die Finger verknotet. Das ist nicht gespielt. Er weiß tatsächlich von nichts. Aber wie soll sie Heiner das klarmachen? Wer soll denn sonst der Böse sein. »Inge«, sagt Tarek. Sie schaut ihn nicht an. Nur ja keine flehenden Blicke mehr. »Wir müssen aufhören«, sagt sie.

Als er geht, blickt sie ihm nach. Rechts hängt ihm das Hemd aus der Hose. Noch vor einem Monat hätte sie das schön gefunden.

»Er war's nicht«, sagt sie beim Abendessen.

Heiner traut Tarek nicht, das merkt sie immer wieder. Er scheint ihn zwar irgendwie zu mögen, aber so, wie man auch Ungesundes mal mag, Fritten vielleicht. Das darf sie natürlich nie sagen, sonst heißt Tarek in der Familie umgehend der Fritte. Die Tatsache, dass einer Polizist sei, bedeute noch lange nicht, dass er nicht klaue, hat Heiner gesagt. Und: Ob Inge schon mal Tareks Polizeiausweis gesehen habe, die Geschichte mit der Mafia stimme womöglich gar nicht. Vielleicht müsse man, so Heiner, Frau Zumhoff fragen, was sie zu den gestohlenen Sachen meint. Oder die Polizei.

»Keine Polizei!«, sagt Inge. »Ich hab genug Polizei gehabt, wegen Herrn Schlütter.« »Äh«, sagt Nick, »wer ist denn das?« »Der in der Garage.« »Der war's!«, schreit Nick. »Der hat das Zeug versteckt, der Garagenmann!«

Könnte sein, findet auch Heiner. Josch sagt dazu nichts. Der ist überhaupt merkwürdig still, seit er vom Apfelhof zurück ist. Inge fragt sich, ob dort irgendwas war.

Gut, dass Heiner mitgekommen ist zum Elterngespräch mit Joschs Klassenlehrer. So hörte er die Fakten im

Originalton, und Inge brauchte sie nicht wie üblich rücksichtsvoll für ihn zu übersetzen. Joschs Versetzung ist gefährdet. »Was, wenn er fliegt?«, fragte Heiner auf dem Nachhauseweg. »Dann sind wir wohl schuld«, sagte Inge, »wir haben ihn einfach machen lassen. Das geht mit Nick. Mit Joschele geht das nicht.«

Noch am selben Abend riss sie sämtliche Blätter und Zettelchen, die sie für Josch aufgehängt hatte, von Wänden und Spiegeln und Türen. Sie zerknüllte alles – Verbtafeln, Matheformeln, Eselsbrücken, Lösungswege. Josch hatte das Zeug eh nie angeschaut. »Jetzt zieh ich andere Seiten auf«, sagte sie vorm Einschlafen zu Heiner, »schreibst du das mit ai?« Aber Heiner war schon hinüber.

»Hast du gewusst, dass Tarek ein Kind hat«, fragt Josch. Erst will sie den Kopf schütteln, dann nickt sie. Josch findet es seltsam, dass Tarek die ganze Zeit nichts davon gesagt hat. Jetzt macht er ein riesiges Paket mit Kinderkleidern fertig. »Sein ganzes Bett ist übersät mit rosa Sachen.« »Warum warst du denn bei Tarek?«, will Inge wissen. »Warum nicht«, sagt Josch, »glaubt Heiner immer noch, Tarek hat gestohlen?«

Sie rechnet. Am zwanzigsten August ist das Kind zur Welt gekommen, ist jetzt also zehn Wochen alt. Bestimmt hat er neue Bilder von der kleinen Adea auf seinem Handy. Bestimmt ist sie niedlich.

Sie spürt weder Neid noch Eifersucht. Nur Scham. Wann hat er ihr gesagt, dass er eine Frau hat. Muss im April oder Mai gewesen sein. Da war sie bereits bis zum Platzen mit Verlangen angefüllt. Verlangen, Tarek anzufassen, an Schultern, an Hüften. Verlangen, von ihm heftig umarmt zu werden. Und auf der Fahrt in die Ferien saß sie angeschnallt neben Heiner wie eine Gefangene, und das Verlangen nach Tarek tat am ganzen Körper weh.

Josch sucht sich auf dem Küchentisch drei kleine Kartoffeln aus und will sich davonmachen. »Halt«, ruft Inge, »wohin gehst du damit?« »Nach draußen, jonglieren.« »Nichts da. Jetzt lernen wir. Jeden Abend. Punkt halb sechs. Hier an diesem Tisch.«

Josch pfeffert die Kartoffeln an die Decke. »Jawohl, Madam.«

Heiner

Schwerer wird das Jahr
Die Amseln schweigen sich durch
bis das Licht angeht

Trotz des kleinen Ofens ist es im Gartenhaus kalt. Die Hände sind kalt, und das Herz ist klamm. Oder sonst ein Organ. Heute muss er Josch in Anatomie abfragen.

Er hat Inge noch immer nicht gesagt, dass er zurückgestuft worden ist. Schwerer wird das Jahr. Jeden Morgen nimmt er sich vor, das in Ordnung zu bringen, und dann lässt er den Tag zerrieseln und macht nichts oder ein mittelmäßiges Haiku.

Im Winter wird Schluss sein mit der Eremitenklause. Eigentlich braucht er sich ja gar nicht mehr zurückzuziehen, jetzt, wo mit Inge alles wieder gut ist, jetzt ist sie die Klause, und in der ist es warm. Wenn nur schon alles gesagt wäre. In den nächsten Tagen kommt die monatliche Bankabrechnung mit tausendeinhundert Franken weniger Salär. Kann sein, dass es Inge noch mal entgeht. Trotzdem.

Er könnte Tarek rauswerfen wegen vermuteten Diebstahls und das Kellerzimmer vermieten, so käme neues Geld rein. Aber das wird Inge nicht wollen. Sie glaubt an ihren Tarek. Ein paarmal hat er gedacht, sie sei in ihn verknallt. Aber das wäre ja absurd.

Er ist es, Heiner, den sie liebt. Sie zeigt es ihm wieder. »Beerenbär«, hat sie gesagt.

Ist das Leben ohne Mäkle besser? Er sieht sie nur noch von Weitem, etwa in der Kantine, wo er hastig isst und kaum von der Zeitung aufblickt. Sein neues Büro ist in einem anderen Flügel. Wenn er gefragt wird warum, sagt er bloß: »Ach, das ist eine komplizierte Geschichte.« Eine Woche hat er Zeit, sich in die Abteilung Service und Vertrieb einzuarbeiten, er liest ein ödes Papier ums andere.

Als neuer Abteilungsleiter hat er eine Sitzung einberufen. Gerade mal vier Leute hat er jetzt unter sich, Lehrling inbegriffen. Ein Sitzungszimmer gibt es nicht mehr. Man versammelt sich nun in seinem Büro, das heißt, er muss darauf achten, dass es nicht abgestanden riecht, muss vor einer Sitzung das Fenster aufreißen. Die zwei Bilder in seinem alten Büro – Eigentum der kantonalen Verwaltung – hat er mitnehmen können. Das eine erinnert an Rothko, das andere an Matisse, beide gefallen ihm immer noch. Inge hat sie damals mit ihm ausgewählt. Dass sich seine Telefonnummer geändert hat, wird ihr nicht auffallen, sie ruft immer auf seinem Handy an. Ein Vorzimmer gibt es nicht mehr. Darum lässt er die Tür immer einen Spalt offen. »Herein« zu rufen wäre ihm ein Graus.

Inge hat gesagt, der Name Tarek bedeute: der an die Tür klopft.

Josch liegt auf dem Sofa, und Heiner fragt ab, was er für die Anatomieprüfung wissen muss – Skelett, Organe, Nervensystem –, da ruft ihn Inge ans Telefon, der Quartierverein ist dran. Kolbrats Liegenschaft wird verkauft, und es geht das Gerücht, dass darauf ein Tierkrematorium gebaut werden soll. Das wolle man vermeiden, sagt der Vereinsleiter, ob er, Heiner, die Petition auch unterschreibe. Wo er doch gleich daneben … Heiner will Zeit zum Überlegen. So etwas Unangenehmes, auch das noch. Als er zum Sofa zurückgeht, ist Josch weg, und da liegt ein Zettel: cul8er. Er weiß nicht, was das heißen soll. Inge auch nicht.

Island ist schon wieder weit weg, aber immer mal wieder kommt ihm der Lago Maggiore in den Sinn und jenes große Auf und Ab in seinem Inneren. Mal schien ihm das Leben von bedingungslosem Wert – an diesen frühen Morgen allein am See, die Berge auf der anderen Seite wie schwere Tiere sicher aneinandergelehnt, die Flanken, die Schenkel noch im Schatten und erste Sonne auf den Schultern, und davor die stille Fläche des Wassers, noch unberührt von Booten, noch versiegelt von der Nacht. Mal war das Leben ganz klar etwas Ungelungenes – etwa als sie alle an der Busstation warteten, um Nick zu empfangen. Eine Gruppe von jungen, wohl arbeitslosen Schwarzen hing da herum, er meinte neidische Blicke auf seine Familie zu spüren, dabei war Inge unnahbar und Josch unzufrieden, und Pietro war einer zu viel, nichts stimmte.

Mal so, mal so. Heiner, jetzt fünfundvierzig, hat sich noch nicht daran gewöhnt.

November

Josch

Das Diebesgut liegt mittlerweile in einem Wäschekorb neben dem Sofa, und man redet nicht mehr jeden Abend drüber. Josch hat es mit ein paar Zeitungen zugedeckt. Trotzdem denkt er dauernd daran, und das schlechte Gewissen nagt, des verdächtigten Tareks wegen. Weil er nicht mehr unbeschwert lümmeln kann, hat er angefangen, für die Schule zu arbeiten, heimlich, Inge weiß gar nichts davon.

Pietro hat eine WhatsApp geschickt, hat ein paar der Akronyme von Joschs Liste verwendet. So wie er schreibt, ist alles cool dort, die Kumpels, die Lehrer, die ganze Bude. »Hadu!« Halte durch. »U2«, schreibt Josch zurück. Mehr nicht. Er hat genug von Pietro.

Er hat nichts mehr geklaut, seit Pietro weg ist, außer Abdeckstiften für seine Pickel. Er hasst diese Pickel, Nick hat nie welche. Das Erste, was er jetzt am Morgen macht: zum Spiegel rennen und nachsehen, ob über Nacht wieder so ein Ekelding aufgetaucht ist. Elso, sein Banknachbar, drückt die gelben Eiterpunkte nicht mal aus, seine ganze Stirn ist übersät damit, wie kann der so rumlaufen.

Dafür ist er gut in Algebra, aber er deckt das Heft ab, wenn Josch mal fragend rüberschaut. Algebra, da muss er noch aufholen, doch in Französisch hat er sich verbessert, und unter den letzten Deutschaufsatz hat Frau Knab *Gut!* geschrieben. Er hat es Inge nicht gesagt, sonst müsste er noch mit ihr über das Aufsatzthema reden: *Erwachsen werden*. Das geht sie nun gar nichts an.

Seit den Herbstferien ist die Flötenstunde verschoben, und der Schachklub fällt aus, und darum kommt mittwochs wieder Öme, »wenn Josch mag«, hat sie gesagt. Inge setzt Öme auf Josch an, damit sie mit ihm Französisch lerne, Öme kann das, weil sie mal in Lausanne gelebt hat.

Sie sitzen in der Küche und üben das idiotische Französisch, nichts ist logisch, mal so, mal so, und irgendwie klingt's affig. Conditionnel ist dran. Er soll zuerst mal ein paar Satzanfänge mit »wenn« machen, sagt Öme, »wenn morgen die Erde unterginge, dann«. »Wenn ich in einen Vulkan fiele, dann. Wenn ich in die Hölle käme, dann. Wenn ich eine Million bekäme, dann.« »Gut, lauter heiße Sachen«, sagt Öme. »Jetzt noch ein paar kalte, bitte.« Er geht zum Tiefkühler und holt die gefrorenen Himbeeren heraus. Öme lacht, es ist dieses richtige Öme-Lachen, das noch ein paarmal weitertropft. Sie lutschen die Beeren, und Öme diktiert die Regel. Im Nebensatz das Imparfait, im Hauptsatz das Conditionnel Présent. Ist das logisch? Egal. »Vielleicht bekomme ich tatsächlich eine Million«, sagt Öme. »Ich habe wieder ein Los gekauft. Aber sag's Heiner und Inge nicht. Die schimpfen.« Wenn Öme aufsteht und sich dabei mit den Fäusten auf dem Tisch abstützt, entfährt ihr ein kleiner Stöhn, kurz wie ein Fürzchen. Die Handgelenke tun ihr weh. Er hat daran gedacht, als er den Aufsatz übers Erwachsenwerden schrieb und sich überlegte, wie es sein würde, so unfassbar alt zu sein. Fünfundsiebzig! So viele Jahre in einem schlappen, schlabbrigen, schmerzenden Hautsack …

Noch einen Monat, dann ist er vierzehn.

Als Inge sagte, Schlütter komme vorbei, der Garagenmann, schlug Heiner mit der Hand auf den Tisch. »Kommt gar nicht infrage! Den will ich nicht noch mal in meinem Haus!« Er schrie es fast. Was der überhaupt wolle. Sich entschuldigen für die Umstände, sagte Inge, und dann gestand sie, dass sie ihn einmal im Spital besucht habe. Heiner schüttelte den Kopf und murmelte etwas von »Mutter Teresa spielen«.

Jetzt, wo Tarek den Diebstahlverdacht endlich los ist und man sich still geeinigt hat, dass es der Garagenmann gewesen sein könnte, jetzt taucht dieser leibhaftig auf. Und beweist seine Unschuld. Das »Wer war's« fängt wieder von vorne an, und die Lüge kneift Josch erneut in den Nacken. Er überlegt, ob er den ganzen Scheiß bei Öme abladen soll. Aber was tut sie dann damit.

Vielleicht sollte er doch endlich Nick einweihen. Nick hat ihn immer in Schutz genommen, hat den Arm um ihn gelegt, das hieß: Lasst Josch in Ruhe. Aber Josch hat das Gefühl, Nick ist ihm nicht mehr so nahe, und das hat nichts damit zu tun, dass sein Zimmer nicht mehr neben seinem liegt. Es ist wie bei einem Blatt Papier, das gerade noch da lag, und plötzlich ist es ein Stück weiter weg, war wohl der Wind, denkt man. Wer war's wohl bei Nick?

Heiner

Er merkt, dass Josch im Korridor lauscht, soll er. Sie haben Josch und Nick gebeten, nicht ins Wohnzimmer zu kommen, wenn Schlütter da ist, der Garagenmann. Dem sei das Ganze peinlich, hat Inge gesagt. Sie hat recht. Jakobus Schlütter sitzt mit zusammengepressten Knien auf dem Dreher'schen Sofa und drückt die Fingerspitzen aneinander. Leicht zerknitterter Anzug und blank polierte braune Lederschuhe, schmales Gesicht, kahler Schädel, sieht eigentlich ganz gut aus. Warum er denn ausgerechnet in ihrer Garage gelandet sei, will Heiner wissen. Da habe er leider keine Ahnung, sagt Schlütter. Er habe diese Ausfälle selten, aber wenn, dann sei wirklich alles weg, er wisse von nichts. »Ich hätte Sie beinah überfahren«, sagt Heiner. Schlütter nickt: »Vielleicht wär's gut gewesen.« »Nicht für mich«, sagt Heiner und spürt, wie er wütend wird. Kommt der einfach daher und denkt, mit einer blöden Flasche Pflaumenschnaps sei alles vergeben und vergessen, die ganze verfluchte Aufregung. Der Schnaps sei Selbstgebrannter vom Hof seiner Eltern.

Reg dich ab, heißt das, wenn Inge die flache Hand ein paarmal sachte auf und ab bewegt. Schlütter hat es auch gesehen. Heiner lehnt sich zurück und lässt Inge reden. Sie zieht Schlütter vorsichtig einen mickrigen Faden nach dem anderen aus der Nase und hört nicht auf, verständnisvoll zu nicken. Ob er vielleicht eine Tasche mit mehreren neuen Uhren dabeigehabt habe, an jenem Tag, als er in der Garage umfiel. Uhren? Nein, an Uhren könne er sich leider nicht erinnern. Wie gesagt, leider wisse er nichts nach solchen Ausfällen. Aber Uhren, nein, Uhren hätten ihn nie interessiert. Meine Frau, denkt Heiner, eine schöne, weich anzusehende Hellhaarige, perfekt in die Sofaecke geschmiegt, meine Frau, die ich liebe. Nickt sie bei mir eigentlich auch so, wenn sie mich ausfragt?

»Ja, machen wir doch gerne«, sagt Inge, »oder, Heiner?« Wie? Was machen wir gerne? Er hat gar nicht mehr zugehört.

Schlütter erhebt sich. Inge begleitet ihn zur Tür. Und schon tauchen Nick und Josch auf. »Erzählt«, sagt Nick. »Das kann Josch machen«, sagt Heiner, »er hat die ganze Zeit gelauscht.«

»Herr Schlütter«, sagt Josch, »heißt Jakobus. Ist aus Mannheim. Ist Inschenör. Hat keine Arbeit. Hat Schübe. War in Anstalten. Ist ledig. Kann melken. Kann Dänisch.

Hat zwei Schwestern, eine normal. Ist nach Italien gefahren. Jetzt ist der Wohnwagen kaputt.«

»Ingefrau, muss dir was sagen.«

»Kannst du melken? Kannst du Dänisch? Warst du in Anstalten?«

»Es ist nichts Lustiges.«

Inge, schon zusammengerollt fürs Einschlafen, streckt sich noch einmal, faltet die Hände auf der Brust und schaut zur Decke. Er sieht, wie sie horcht, und er öffnet die Schleuse und lässt sein Geständnis ins Zimmer rauschen. Er redet, ohne abzusetzen. Danach ist es lange still.

»Ich nehme an, du bist entsetzt«, sagt er. »Ja«, sagt sie.

Eigentlich hat er etwas ganz anderes sagen wollen. Er sei versetzt worden, das ganze Amt für Energie werde umstrukturiert wegen Sparübungen, mit der Abteilung Service und Vertrieb sei er noch gut weggekommen, aber eben, tausendeinhundert weniger pro Monat, dafür sei er die Mäkle los.

Doch nun hat er die Wahrheit gesagt.

Inge hat ihn nicht aus dem Bett geworfen. Hat gesagt »Ich muss denken« und hat ihm den Rücken zugekehrt.

Kurz danach hat er sie schlafen gehört.

Nick
Sie sehe ganz reizend aus, hat Inge gesagt. Er hat ihr ein Foto von Serena gezeigt. Wunderbar, der blonde Zopf. Und das intelligente Gesicht. Er weiß schon, dass das nichts anderes heißt als: Wie gut, dass du endlich diese Nora los bist.

Er ist sie nicht los. Nachts denkt er an sie, nicht an Serena. Neuerdings trifft er Serena in Kreuzlingen. Mit dem Zug ist das für ihn eine gute Stunde, aber für sie ist es ein Katzensprung, und vor allem hat sie eine gute Erklärung für ihre misstrauischen Eltern: Sie sagt, sie gehe zum Club. Das ist ein Lokal von OLL, Our Loving Lord. So heißt die Religionsgemeinschaft, der Serenas Familie angehört. Dreimal hat er sie schon getroffen seit den Apfelhofferien. Sie gehen zum See, der schön ist im Novembernebel, wie Meer, sie friert, er küsst ihre kühle Nasenspitze, sie lacht. Noch weiß er nicht viel von ihr, sie ist gut in der Schule, die Zweitbeste der Klasse, liebt Süßes, hat einen Vorlesewettbewerb gewonnen. Und geht in diesen Club. »Komm doch mal mit«, sagt sie. »Wir machen Musik. Du kannst Gitarre spielen, wenn du magst.«

Der Club ist in einem großen senfgelben Bürohaus, im Untergeschoss. OLL steht auf der Tür und darunter JLD. »Jesus liebt dich«, übersetzt Serena. Josch würde seine Späße machen über die Abkürzungen. OMG. LOL. Nick spürt, was Inge immer sagt: Mir ist ein bisschen bang. Aber Serena zieht ihn zu einem der Sofas und kuschelt sich an ihn. Ein paar Jungen stimmen Instrumente, einen Bass, Gitarren, Ukulelen, ein Rudel lachender Mädchen kommt herein, Serena steht auf und umarmt sie.

Und dann kommt der, den sie Rolf nennen. Er predigt sonntags in der Kapelle von OLL, und Serena findet ihn cool. Pastor Krausing aus Hannover. So jung, wie er sich gibt in Jeans und Hoodie, ist er wohl nicht, er hat einen schütteren Hinterkopf. Unter der Hose wölbt sich was, extra groß, denkt Nick, warum trägt der nur so ein enges Teil. Ob Serena das auch sieht? Rolf zieht eine Mundharmonika hervor und fängt an zu spielen. Das kann er, wow.

Auf der Heimfahrt überlegt er, was er zu Hause erzählen soll.

Wir waren bei OLL. Ääh?, wird Heiner sagen. OLL ist toll. Wie bitteee?, wird Inge sagen. Our Loving Lord. Wirst du jetzt fromm oder was, wird Josch sagen. Nein, das kann er ihnen nicht erzählen. Fragend bis fassungslos würden sie dreinschauen. Und eigentlich geht es sie gar nichts an. Er wird den Abend in sich aufbewahren, wie sie gesungen haben, Lord my Lord, mehrstimmig, wie man ihm die Gitarre übergeben hat, wie sich seine Finger gefreut haben, wie alle aufgestanden sind und zu tanzen angefangen haben, als beim Gospel das Jesusgesicht an die Wand projiziert wurde, wie Rolf zum Schluss jeden und jede an sich gedrückt hat. Er verschließt alles in einer Kapsel irgendwo unterm Zwerchfell.

»Wird das samstags jetzt immer so spät bei dir?«, fragt Inge, als er um halb elf nach Hause kommt. »Ja, geht nicht anders. Serenas Music Club öffnet um sechs, da kann ich nicht schon um sieben wieder gehen.« »Bring sie doch mal mit zu uns.« »Mach ich.«

Die Kapsel unterm Zwerchfell wird immer voller. Die Fahrt nach Kreuzlingen kostet ihn jedes Mal dreißig Franken. Das Taschengeld reicht nirgendwohin. Ideal wäre ein Job am Samstagmorgen, aber wie findet er den. Es wäre einfach, das Geld irgendwo im Dreher'schen Haushalt abzustauben, ein bisschen was liegt immer herum. Aber das will er nicht. Er tut bereits Heimliches genug mit dieser neuen süßen Gier nach Our Loving Lord.

Serena küsst ihn nun richtig. Wie Nora.

Inge

Sie kann es noch immer nicht glauben. Ihr Heiner. Es soll doch diese morastigen Moore geben, irgendwo im Norden, wo man mit jedem Schritt tiefer einsinkt und zum Schluss mit ein paar Luftblasen und Gurgelgeräuschen untergeht. Sie sind menschenleer, diese Moore, niemand hört einen rufen. Kann sein, dass Heiner gerufen hat, sie hat es nicht gehört. Was für eine unappetitliche Geschichte, gemein, hässlich, trostlos. Ihr Heiner.

»Gefällt es dir denn jetzt, wo du bist?« »Nein.« »Was

willst du denn eigentlich am liebsten?« »Am liebsten will ich nichts wollen.«

Er geht morgens hin, kommt abends zurück, mit dem gleichen Gesicht wie morgens. Sie fragt nicht, weil sie nicht weiß, wonach. Gestern vorm Einschlafen hat er gesagt: Ich hätte sie besser umgebracht.

Sie könnten Tarek loswerden und das Kellerzimmer vermieten. Die Tausendeinhundert oder mehr kämen dann wieder rein, aber daran, dass Heiner nichts wollen will, würde es nichts ändern. Heiners Luft ist draußen, er ist leer. Sie spielt die Verständnisvolle, auch das ändert nichts. Dass Heiner merkt, dass sie spielt und ihn nicht versteht, ist ihr klar. Wie kann man nur. Wegen einer Frau Mäkle.

Er tut ihr leid.

Das ist das Schlimmste.

»Was hat er eigentlich?«, hat Öme gefragt.

»Nichts. Warum?«

Er hat sehr wohl etwas: Er schämt sich. So einfach ist das. Eigentlich ist sie in der gleichen Lage. Auch sie schämt sich – wegen der Affäre mit Tarek –, nur sagt sie Heiner nichts davon. Und auch sie ist – so ihr Gefühl – zurückgestuft worden, sie ist weniger gefragt und hat weniger zu sagen: Nick geht zu seiner neuen Freundin und erzählt ihr nichts. Und Josch tut sich mit Öme zusammen und wirkt verschlossen, warum auch immer. Längst ist sie nicht mehr die Power-Mutter, die alles weiß und kann. Man fragt in diesem Haushalt nicht mehr: Inge, was findest du? Man tut einfach. Zumindest hat sie den Eindruck, zumindest gerade jetzt, mag sein, dass sich das wieder ändert. Familienleben ist wie Wetter, Voraussagen sind schwierig. Zurzeit ist es neblig bei den Drehers. Und kühl. Außer im Bett, wenn der Bär in die Beeren steigt.

Frau Zumhoff hat angerufen, ob sie vorbeikommen könne. Es gehe um Tarek. Mehr hat sie am Telefon nicht sagen wollen. Ob Tarek der Zumhoff etwas gesagt hat über diese, ja was, diese Beziehung? Eine kleine heiße Angst ist plötzlich da.

»Mach du das mit der Zumhoff«, sagt Heiner, »ich bin dann mal weg.«

»Ja«, sagt Frau Zumhoff, »das ist schwierig«, und lässt sich ins Sofa fallen. Inge erschrickt. Tarek hat es ihr also erzählt. »Ich weiß gar nicht, was ich davon halten soll«, sagt Frau Zumhoff, »wenn Tarek so leidenschaftlich von Ehre spricht.«

Inge setzt sich aufrecht hin: »Nun sagen Sie schon, was Sie zu sagen haben.« »Ja, wissen Sie denn nicht Bescheid?«, fragt Frau Zumhoff. »Tarek muss wahrscheinlich zurück.«

Inges Erleichterung zischt bis zur Decke doch. »Zurück, sagen Sie?«

Später, am Familientisch, versucht sie, bedrückt zu wirken. »Also, es gibt Neues, und das ist nicht schön. Tarek ist zu einer weiteren Einvernahme vorgeladen worden, und dabei hat sich herausgestellt, dass seine Geschichte nicht ganz stimmt.« Heiner und Nick hören auf zu essen. »Nicht er war im Gefängnis, sondern sein Bruder, Zef, und der ist immer noch drin. Er hat einen vom Dorf ermordet.« Josch hört auch auf zu essen. »Die Familie des Toten hat versucht, das Gericht zu bestechen, damit Zef früher freigelassen wird. Sie wollen ihn so bald wie möglich umbringen. Die haben dort in den Bergen nämlich noch Blutrache. Aber das mit der Bestechung hat nicht hingehauen, Zef bleibt im Gefängnis, darum hat die Opferfamilie nun einen anderen im Visier: Zefs Bruder Tarek. Und darum ist Tarek geflohen und sitzt in unserem Kellerzimmer.« »Das hast du erfunden«, sagt Nick. »Hab ich nicht. Frau Zumhoff war heute da.« »Und was heißt das nun für uns?«, fragt Heiner. »Tarek muss von Rechts wegen zurück, sagt die Zumhoff, denn er wird nur privat verfolgt und nicht vom albanischen Staat, in dem Blutrache offiziell verboten ist.« »Aber die Bullen haben ihm doch im Gefängnis einen Zahn ausgeschlagen«, sagt Josch. »Den Zahn hat er dann wohl anderswo verloren«, meint Heiner. »Mir tut er leid«, murmelt Nick. »Blutscheißrache«, sagt Josch.

Josch

Er lauschte, wie Inge und Heiner über das gestohlene Zeug sprachen. Dass sie es loswerden wollten. Ohne Polizei, ohne dazu befragt zu werden. Wegwerfen, sagte Inge. Das tue weh, meinte Heiner, solche Uhren dürfe man nicht wegwerfen. Lieber verschenken, an unbekannt. Dann solle er diesen Unbekannt gefälligst aussuchen, sagte Inge. Sie stritten sich ein bisschen. Aber es war kein Streit zum Ohrenzuhalten. Josch hörte gerne zu. Er stand im Korridor und dachte: Sie mögen sich wieder. Zum Schluss einigten sie sich darauf, dass Inge die Ware in eine neue Coop-Papiertüte packen und diese ins Stadthaus bringen und irgendwo unauffällig deponieren sollte, zum Beispiel beim Bestattungsamt, damit die Sache begraben werde. Heiner lachte. Und dann hörte Josch ihre Gläser. Sie stießen an.

Noch drei Wochen, und er ist vierzehn. Am letzten Novembertag. Dann wird auch verkündet, ob Joschua Johann Dreher die Probezeit bestanden hat. Öme meint, das klappe. Er schaffe das. In Französisch habe er einen Riesensprung gemacht, un pas de géant. Bleibt noch Mathe. Inge hackt immer auf ihm herum, er solle mit Heiner arbeiten. Aber er braucht Heiner nicht. Wenn er etwas nicht versteht, fragt er Nick.

Und falls er die Schule schafft, was dann? Er würde gerne wissen, was er gerne werden würde. Außer groß fällt ihm nichts ein. Andere wollen was Bestimmtes werden,

Fußballer, Schlagzeuger, UNO-Generalsekretär – alles die gleiche Kacke. Strampeln, schuften, streiten, sterben.

Er hat in der Früh aus Inges Papiertüte die Omega wieder herausgefischt. Inge wird das nicht merken. Jetzt sitzt er auf dem Bett und weiß nicht, wo er das kostbare Stück verstecken soll. Kann er das Klauen nicht endlich lassen? Doch, er kann. Er schleicht treppab zur Tüte, aber statt die Omega zurückzulegen, steckt er sie doch wieder in die Hosentasche. Dreitausendzweihundert koste sie, hat Heiner gesagt. Vielleicht nimmt sie an Wert noch zu, und er kann sie irgendwann verkaufen, aber was soll er dann mit dem Geld, es darf ja niemand davon wissen. Abhauen, so wie Heiner nach Island, dafür würde es reichen, aber nicht für länger oder immer. Ob er das wirklich mal will? Wird er mal so genug haben von denen, die er liebt? Er lässt die Omega in der Garage in einem Skischuh, bis ihm etwas Besseres einfällt.

Nick nichts davon zu erzählen, das nagt. Nick, möchte er sagen, schau mal nach in Heiners linkem Skischuh, da ist eine tote Maus drin. Wie schön wär's, mal wieder von ihm geschüttelt, gepufft und geknuddelt zu werden. Neulich, als Nick bei Serena war, ist er wie früher in sein Zimmer gegangen und hat sich alles angesehen, ohne was anzufassen. Die wohlgeordneten Büchertürmchen, das aufgeschlagene Physikbuch, das Foto von Serena in Maccagno, die aufgespießten Cartoons aus dem amerikanischen Heft, das er abonniert hat. Die zerwühlte Bettdecke, das Katzenfutter, um Herrn Petermann hier herauf zu locken, die Gitarre, den Sitzsack, die Reihe von Deos. Er geht in die Knie und schaut unters Bett und sieht ein Buch. Er kann nicht widerstehen und zieht es hervor. »Die Bibel für Dummies«. Ääh? Warum liegt das unterm Bett?

Nach Maccagno hat er Serena nicht mehr gesehen. Sie war damals am Strand zwar ziemlich hübsch, aber trotzdem gefällt sie ihm nicht so gut wie Nora. Er begreift nicht, warum Nick und Nora auseinander sind. Auch wenn sie nicht mehr zusammen in die Schule gehen, können sie sich doch weiterhin lieben. Sie hatten Sex, er hat Nick gefragt, und Nick hat ja gesagt. Hier im Haus haben sie's gemacht, noch in seinem alten Zimmer mit dem Baum vor dem Fenster. Sie waren allein im Haus, der Rest der Familie war schon in die Ferien gefahren. Sonst hat Nick nichts weiter gesagt, etwa, wie es war oder so.

Mit Nora würde er auch gern Sex machen. Wenn sie ihn anlacht, hat er das Gefühl, das heiße: Hereinspaziert! Sie würde ihm zeigen, wie alles geht. Die Mädchen in seiner Klasse sind allesamt schnippische Katzen, geben sich wichtig und sind es nicht, und keine ist so schön und wild und samtig wie Nora. Auch wenn sie flucht, klingt es lecker. In der Pause reden die andern oft über Sex, aber keiner der Jungen hat schon mal richtig, so richtig rein und alles. Sandro hat mit einer rumgefummelt, und Ivan schaut immer heimlich zu, wenn seine Mutter und ihr neuer Freund im Bett das ganze Zeug machen, und er findet's irgendwie daneben. Claus hatte mal Pornos auf seinem Handy, aber seine Alten haben es ihm weggenommen. Ali hat gesagt, er glaube, er sei schwul. Und Elso verzieht sich, wenn sie über Sex reden.

143 heißt I love you, nach Anzahl Buchstaben pro Wort. Passt auch auf I hate you.

Heiner

»Habt ihr weniger zu tun?«, hat Nick ihn gefragt, weil er jetzt immer schon um sechs zu Hause ist. Er geht früh und kommt früh und hält exakt die vorgeschriebenen acht Stunden und vierundzwanzig Minuten ein. Keine einzige Minute wird er der kantonalen Verwaltung mehr schenken. Kürzlich wollte Nick von ihm wissen, warum er Jurist geworden sei und ob er das wieder machen würde. Würde er nicht. Er hat sich mal vorgestellt, er würde sich für mehr Gerechtigkeit einsetzen, möglichst international, für Menschenrechte, für Minderheiten, für die vom System Beschissenen. Und dann ist er in der kantonalen Verwaltung gelandet und in der Ehe und im Haus Bleibachstraße Nummer acht. »Nein, nicht Jurist, ich würde etwas anderes werden«, sagt er und denkt an seine windgeschützte Mulde im Heidekraut an Islands Küste, wo er sich eine andere Zukunft ausdachte.

Was aus Nick werden wird, das macht ihm keine Sorgen. Der denkt und tut, was er will, und macht seinen Weg. Ist keiner, der in einer Menge mitklatscht und mitjohlt oder sich vereinnahmen lässt. Zumindest nimmt Heiner das an und ist darauf ein bisschen stolz, das ist zu einem großen Teil sein Verdienst. Selber denken macht klug, sagt er immer. Josch wandelt das ab, mal so, mal so. Selber denken macht fett. Selber denken macht reich. Er wäre gern so lustig wie Josch.

»Was riecht so gut?«, fragt er und will gerade Inge umarmen, da sieht er hinter ihr Tarek stehen mit einer weißen Kappe. Tarek zieht die Kappe vom Kopf und sagt etwas wohl Albanisches. »Heißt Guten Abend«, sagt er. »Tarek hat heute für uns gekocht, Jubiläum«, sagt Inge. »Warum?« »Neunzehn November. Ich vor ein Jahr geflucht«, sagt Tarek. Josch und Nick grinsen. »Die Kappe ist cool«, sagt Nick. »Albanisches Kappe, heißt Plis, ist Wolle.« Er habe sie mitgenommen, um an die Familie zu denken. »Was gibt es denn?«, fragt Heiner. »Gibt Pasul, ist Suppe.« Tarek sei seit zwei Stunden am Kochen, die Bohnen habe er über Nacht bei sich im Zimmer eingeweicht, sagt Inge und zeigt auf den Putzeimer, ein Pfund weiße Bohnen. »Gibt Pupse, ist Suppe«, sagt Nick. Inge hilft Tarek aufzuzählen, was sonst noch in der Suppe ist: ein Stück Rindfleisch, Zwiebeln, Paprika, getrocknete Pfefferschoten. Seine Mutter tut auch Knoblauch dazu.

Von seiner Mutter hat er vorher noch nie etwas gesagt. Sie lebt also noch. Warum sollte sie nicht.

Als sie die Suppe essen, spricht Tarek von seiner Flucht, genauer: Heiner fragt, Tarek antwortet. Ja, er hat am Anfang nicht alles richtig erzählt. Richtig ist, dass Zef, sein Bruder, im Gefängnis ist. Hat einen Nachbarn umgebracht. Familie des Nachbarn will Blutrache, will Kanun, altes albanisches Gesetz. Und weil sie Zef im Gefängnis nicht töten können, wollen sie dafür Tarek töten.

Eine ganze Weile bleibt es still am Tisch. Nur Herr Petermann maunzt, weil er vom Suppenfleisch will.

»Warum hast du uns das vorher nicht erzählen wollen?«, fragt Heiner. »Ich habe geschämt«, sagt Tarek. »Weil Zef hat Mord gemacht und weil es gibt immer noch Kanun. Ich habe geschämt für mein Heimat.«

Das Wort Heimat habe ich schon lange nicht mehr gebraucht, denkt Heiner. So ein richtiges Deutschunterrichtwort. Seltsam, dass er Tarek irgendwie mehr mag als am Anfang. Obwohl er ihnen eine falsche Geschichte aufgetischt hat. Vielleicht liegt es daran, dass Inge nicht mehr so ein Getue um Tarek macht. Jetzt hat sie die ganze Zeit ganz still am Tisch gesessen. Und als Tarek die Rakiflasche öffnet und sie anstoßen, wirkt sie schon beinah distanziert.

»Danke«, sagt Josch, »der Pups-Pasul war echt lecker.« Tarek lacht, und man sieht kurz die Zahnlücke.

Das Haiku entsteht im Bett, als Inge schon schläft und immer wieder mal ein bisschen wimmert:

Die harten Bohnen
werden im Suppentopf weich
Das riecht nach Frieden

Nick

Nick, schön, dich zu sehen! Er wundert sich, dass Pastor Rolf seinen Namen noch weiß. Auch die anderen kommen grüßend auf ihn zu, drücken ihm die Gitarre in die Hand. »Lord my Lord« stimmt er an, das hat er zu Hause geübt, hinter geschlossener Tür. Erst singt er leise, dann mit voller Stimme, sie ist schön hier drin, seine tiefe Stimme, Lord my Lord, hold me. Die andern singen mit. Und gleich nochmals das Ganze bis zum Schluss. Dann erscheint wieder das Jesusbild auf der Wand. Serena drückt sich an ihn, als Rolf von der Liebe zu sprechen anfängt. Lord my Lord, hold me, sagt er zum Schluss und zieht seinen Hoodie aus, sein T-Shirt, das weiße Unterhemd und steht mit nacktem Oberkörper da. Er gibt Serena einen Stoß Karten zum Verteilen, drauf ist der Jesus von der Wand. »Wir entblößen uns«, sagt Rolf, »um das Bildnis Jesu direkt aufs Herz zu drücken«, und er drückt die Karte mit beiden Händen auf seine nackte Brust. »Los, zieht euch aus, schämt euch nicht, wir sind alle Kinder Gottes.« Erst ziehen die Jungen, dann – langsamer – die Mädchen die Kleider über den Kopf. »Los, Girls«, sagt Rolf. Büstenhalter fallen zu Boden. Verlegen schaut Nick auf die Busen, die zum Vorschein kommen, weiße Wesen, die das Licht der Welt erblicken, mozzarellarund oder glöckelig, mit dunklen Augen. Serena ist fast flach. Jesus wird ans Herz gepresst, dann geht Rolf reihum und umarmt. Die Umarmung ist heftig, Nick spürt Rolfs Hände auf den Schulterblättern und seinen Atem am Ohr, die Hände kalt, der Atem warm.

»Wie war's«, ruft Inge aus der Küche, als er die Haustür hinter sich zuzieht. Es scheint, dass sie auf ihn gewartet hat. »Gut«, ruft er zurück, »muss schlafen, see you.« Oben in seinem Zimmer schiebt er die Karte mit dem Jesusbild in Meyers Weltatlas. Grad bevor der Schlaf kommt, spürt er noch einmal Rolfs Hände auf seinem Rücken.

»Kolbrat ist im Schlaf erstickt, Frau Zaugg weiß es von Kolbrats Bruder, er hat sich gar nicht erhängt«, sagt Inge. »Aber Tarek ...« »Ich habe Tarek danach gefragt. Er hat etwas falsch verstanden. Die Sanitäter schickten ihn weg, als er fragte, was los sei, und als er nicht gleich ging, klemmte sich einer Daumen und Zeigerfinger um den Hals und machte eine Kopfbewegung Richtung Garten. Daraus machte Tarek die Geschichte vom Erhängten im Baum.« »So ein Arschloch.« »Nick, bitte.« »Ist doch wahr.«

Er stellt sich in seinem alten Zimmer ans Fenster und schaut zu seiner Ulme. Nur noch ein paar einzelne Blätter sind dran, das ganze Laub liegt als goldener Teller um den Stamm, und der ist so mächtig wie immer, das rissige Bein eines alten Mammuts.

Hallo Baum.

Kolbrat, du Arsch.

Tarek, du Arsch.

Hallo, Arschlöcher der Welt.

Wenn Tarek geht, will er das Kellerzimmer haben, will er Serena haben, will endlich mit ihr schlafen, und niemand soll ihn stören, keine Inge, die ruft »Wie war's«.

Josch

»Erzähl noch was von Heiner.« »Aber wir müssen doch Franzö…« »Ja, gleich, erzähl vom Schrank.« Neuerdings fragt er Öme über Heiner aus, dabei kommt ein ganz neuer Heiner zum Vorschein. »Ja, die Schrankgeschichte hab ich dir versprochen. Also, im Keller stand dieser alte Schrank. Ein großer, schöner, alter Holzschrank, den hatten wir mal günstig bei der Liquidation einer Apotheke gekauft. Leider roch er dann so unangenehm, wenn man ihn aufmachte. Nach medizinischem Zeug, Lösungsmitteln und so. Darum landete er im Keller und verschwand mit den Jahren hinter allerlei Gerümpel. Ich weiß nicht mehr, warum ich eines Tages wieder mal den vergessenen Schrank aufmachte, auf jeden Fall erschrak ich so, als hätte sich darin jemand versteckt: Da waren Dinge drin, die ich noch nie gesehen hatte, und alles neu, zum Teil noch mit Etiketten dran. Zum Beispiel ein paar Fuchsschwänze …« »Echte?« »Ja, richtiger Pelz, hängte man sich damals an die Autoantennen oder an die Taschen. Weißt du, was ein Walkman ist? Davon waren etwa sieben Stück im Schrank. Und dann diese farbigen kleinen Dosen. Als ich eine aufmachte, kam ein wabbliger, giftgrüner Schleim heraus. Ekelhaft!« »Und dann?« »Dann gab es ein Familienverhör. Heiner hatte die ganzen Sachen nach und nach geklaut und im Schrank versteckt.« »Und was habt ihr damit gemacht?« »Weggeworfen, auch die schönen Pelze. Nur eine Portion Schleim habe ich behalten und ihm später mal auf die Haare geleert.«

»Was ist, was lacht ihr so?«, ruft Heiner von nebenan. »Ach, Josch will immer, dass ich von früher erzähle.« »Früher war auch nicht alles lustig«, sagt Heiner und setzt sich dazu. »Jaja«, sagt Öme. »Jaja«, sagt Josch.

Geschafft. Französisch genügend, Mathe genügend, überall genügend sowie Deutsch gut. Das reicht. Als er heute von der Schule kam, streckte ihm Inge den Brief entgegen. »Gratuliere, mein Großer.« Jetzt lehnt der Brief am Geburtstagskuchen. Rundum liegen seine Geschenke: Kopfhörer von Nick, Rucksack von Öme und die Uhr von Inge und Heiner, bestes Design und laut Heiner zu teuer zum Verlieren. Wenn die wüssten, dass er noch eine Omega hat, im Skischuh in der Garage. Wenn die wüssten, wie falsch der ist, den sie hier feiern. Happy birthday. Was er sich wünsche fürs neue Josch-Jahr, fragt Öme. Er weiß nicht, was er antworten soll … Eine chemische Reinigung fürs Herz, so irgendwas.

Der picklige Elso hat die Probezeit nicht geschafft und kommt ab sofort nicht mehr. Am Montagmorgen sitzt Wanja auf Elsos Platz und somit neben Josch. Die wundersame geheimnisvolle Wanja. Bislang hat er sich kaum getraut, sie richtig anzusehen. Was für ein abgrundtiefes Glück. Auch wenn sie sich den neuen Platz nicht selbst ausgesucht hat. Der Klassenlehrer hat sie umgesetzt. Spielt ja keine Rolle. Sie sitzt da, und er spürt sie in dreißig Zentimeter Entfernung. Wenn sie die Hand hebt, dann fliegt in seinem Augenwinkel etwas hoch wie der Schatten eines Vogels.

Dezember

Inge

Freitag ist neuerdings ihr Frei-Tag, zumindest der Morgen, da sind alle ausgeflogen, sie ist allein. Für die zwei Lektionen am Nachmittag muss sie kaum etwas vorbereiten. Sie kann im Bett liegen bleiben oder sich in ein Schaumbad legen oder aufs Sofa, um sich eine TV-Schnulze reinzuziehen. Sie kann zum Frühstück auf Käsescheiben Erdnussbutter streichen oder Mokka-Eis direkt aus der Packung löffeln. Sie kann Frisuren ausprobieren und Selfies machen. Sie kann nackt im Haus herumlaufen oder auf der Gitarre ihre drei Akkorde spielen und laut singen, ohne dass sich jemand die Ohren zuhält oder lacht. Aber sie sitzt einfach am Tisch, der Tee ist kalt, ihre Augen sind zu, und sie lässt die Gedanken simmern. Manchmal fangen sie an zu brodeln, dann schaltet sie runter.

Nein, sie hat nicht darauf gewartet, dass Tarek anklopft.

Er ruft, er klopft, sie macht auf.

»Tarek?«

Vielleicht hat er beobachtet, dass sie am Freitagmorgen zu Hause bleibt. Vielleicht hat er gewartet, bis die anderen das Haus verlassen haben. Auf jeden Fall steht er vor ihr, mit feuchtem Haar und einem Geruch nach Deo, und schaut so aus, als habe er eine Rede vorbereitet. Sie bittet ihn an den Tisch, schenkt Tee ein, er setzt sich und sagt nichts. »Tarek«, sagt sie schließlich, »verstehst du, warum ich nicht mehr zu dir komme?« »Ich verstehen.« »Können wir das vergessen?« »Ich nicht vergessen.« Sie trinken den kalten Tee, und als er aufsteht, schaut er sie zum ersten Mal an. »Ich an dir denken.«

Ich verstehen, ich vergessen, ich denken, warum redet er nach einem Jahr immer noch im Infinitiv?

Sie sitzt im Café, sieht ihr Spiegelbild in der Fensterscheibe, draußen ist Kälte, zwei Grad, Menschen mit hochgeschlagenem Kragen und Schal vorm Gesicht eilen vorbei, Schneekörnchen fliegen, winzig, wie ein Mückenschwarm. Sie hat vergessen, den Kaffee zu trinken. Sieben Wochen, sind Sie sicher?, hat sie gefragt. Ja, sieben, hat er gesagt. Nicht mehr?, hat sie gefragt.

Ein bisschen ist ihr übel vom Schreck, es ist, als sei ihr aus dem Nichts ein schweres Paket vor die Füße geknallt.

Sie war darauf nicht gefasst, nein. Gelegentlich hat sie sich schon mal ausgemalt, wie es wär, aber nur ganz theoretisch. Sie hat nicht gedacht, dass es noch möglich sei, jetzt, wo sie zweiundvierzig ist und bei diesen wochenlangen Pausen zwischen klitzekleinen Blutungen. Darum hat sie aufgehört mit der Pille, ja, früh. Aber das war schon bei ihrer Mutter so. Meine Eierstöcke haben ausgeblüht, hat sie gedacht.

Und jetzt das.

Sieben Wochen.

Tarek war's nicht. Tarek, das war Ende August, Anfang September.

Heiner war's. Der Bär, der in die Beeren stieg.

Sieben Wochen.

So groß wie eine Blaubeere, hat der Arzt gesagt.

Heiner

Inge hat ihn heute Abend am Tisch mal angeschaut, als sei er ein Fremder. Hat sie seine Geschichte mit der Mäkle immer noch nicht verdaut? Ist doch jetzt eine Weile her. Und sie hat doch deutlich gesagt, dass sie ihn trotzdem liebt, als er sie gefragt hat. »Trotzdem und immer, alter Trottel«, hat sie gesagt. Vielleicht sollte er ihr etwas schenken. Wünsch dir was, könnte er sagen. Und sie wird antworten: Ich habe alles. Oder: Wir sollten jetzt eher sparen.

Als er beim Rumzappen im Fernseher dieses große Kruzifix sieht, diesen beängstigend schweren bleichen toten Jesus, weiß er mit einem Mal, was er Inge schenken kann – eine Fahrt nach Himmelschwand. In ihr Dorf, in ihr Kaff. Als sie das erste Mal hingefahren sind, hat er sich schrecklich gefühlt, und sie hat es gemerkt und ihn danach verschont. Nur als Anna starb, ihre fromme Mutter, waren sie nochmals da, mit dem kleinen Nick, der bei der Beerdigung die ganze Zeit schrie. Inge hat danach nie mehr vorgeschlagen, nach Himmelschwand zu fahren. Und als Nick kürzlich mal gefragt hat, ob sie in diesem Dorf eigentlich noch Verwandte hätten, sagte sie: Kann sein, was soll's.

»Ich lade dich ein.« »Zu?« »Zu einer Fahrt nach Himmelschwand, mit Übernachtung im Gasthof Kreuz.« »Himmelschwand?! Da werden Nick und Josch aber streiken.« »Die sind gar nicht eingeladen. Wir fahren allein.«

Inge macht ein Gesicht wie Josch, wenn er beim Spielen gewonnen hat, ihre Freude fließt bis hinter die Ohren.

Freitagnachmittag fahren sie los. Es scheint, dass Nick und Josch froh sind, allein zu sein, sie stehen an der Haustür und schauen ihnen nach. Der Kühlschrank ist gut gefüllt, Nick hat versprochen, zu Hause zu bleiben, dafür wird am Samstag Serena kommen und Lasagne machen.

Inge seufzt. »Was ist?« »Ich lebe, also seufze ich.«

Nach zwei Stunden Fahrt im Nieselregen durch fades Voralpenland setzt sich Inge aufrecht hin. Sie müsse mal, sofort, dort rechts bei dem Holzstapel. Sie seien doch gleich in Himmelschwand, sagt Heiner. »Weiß ich«, sagt sie, »halt an.« Wie früher, denkt Heiner, kurz vorm Ziel musste er immer anhalten, weil sie plötzlich aufgeregt war. Von links löst sich ein Hund aus dem Gebüsch und bleibt mitten auf der Straße sitzen. Inge, die Hose schließend, geht auf ihn zu, und Heiner sieht, wie der Hundeschwanz sachte zu wedeln anfängt, wie Inge über das nasse Fell streicht und pausenlos redet. Ich liebe sie, denkt er, in Himmelschwand und Hammelschwind und auch wenn sie jetzt dann riecht wie feuchter Hund.

Der Gasthof Kreuz ist unschön renoviert, mit lindengrünen Tapeten und aufgeklebten Deckenbalken und Goldknäufen am Treppengeländer. Das Zimmer hat Blick auf den Friedhof und ein großes Kruzifix von hinten. Inge zieht die Vorhänge zu, lässt sich aufs Bett fallen, seufzt. »Du seufzt, also lebst du«, sagt Heiner und lässt sich ebenfalls fallen. Die Matratze zittert noch ein Weilchen nach. Als die Kirchturmuhr schlägt, setzt Heiner zu einem Kuss an. Der dauert acht Schläge.

»Ich möchte, aber ich tu's nicht«, sagt Inge beim Frühstück. »Was?« »Zu Hause anrufen.«

Dittli hat Inge mal geheißen, und Heiner sucht im Handy, wie viele Dittlis es in Himmelschwand noch gibt. Einen Danilo Dittli gibt es noch, Fleischwaren Import. Inge hat von dem noch nie gehört. Der Gastwirt kennt ihn auch nicht. Heiner merkt sich die Adresse. »Ich möchte da gar nicht hin«, sagt Inge. »Was möchtest du?« Sie will noch eine weitere Portion Ei mit Speck, und dann will sie auf den Friedhof, und sie will, dass Heiner sie küsst, wenn die Kirchturmuhr zwölf schlägt.

Josch

Als er erwacht, ist es schon halb elf. Er hat sich drauf gefreut, zum Frühstück für sich und Nick einen Turm Pancakes zu backen, aber dafür ist es nun wohl zu spät. Er hört, wie Nick die Treppe runterpoltert und etwas hinter sich herschleift. »Was machst du?« »Aufräumen.« »Warum?« »Darum.«

Um zwölf komme Serena, hat Nick gesagt. Josch sieht nicht ein, warum jetzt alles aufgeräumt werden soll. Ist doch gar nicht so ein Saustall hier. Schon gar nicht in Nicks Zimmer. Das ist immer ordentlich. Jetzt hat er noch die Bettwäsche ausgewechselt. Und im Wohnzimmer rückt er alles gerade. Vielleicht ist er aufgeregt, ich wär's auch, denkt Josch. Wenn so ein Brötchen zu mir käme.

Um zwölf Uhr klingelt es, Josch macht auf. »Hallo, Josch, kennst du mich noch?« Nein, er kennt sie nicht mehr, die Serena vom Strand in Maccagno mit dem hellen Pferdeschwanz, die ihm mit kühlen Fingern Sand aus dem Gesicht gestrichen hat. Sie ist größer jetzt, vielleicht, weil sie sich mit dem Haar so eine Art Krone gemacht hat. Und sie schaut irgendwie anders drein, vielleicht wegen dem Ding in ihrem Mund, der Zahnspange. »Hallo.«

Josch schaut ein bisschen zur Seite, als Nick Serena so lange umarmt. Sie packt auf dem Küchentisch aus, was sie fürs Essen mitgebracht hat, vorgekochte Lasagneblätter und alles für die Saucen. Dann suchen sie in sämtlichen

Schränken nach einer Backform, wie Serena sie wünscht, aber sie finden nur ein Kuchenblech. »Macht nichts«, sagt Serena, doch es macht sehr wohl etwas, weil sie eine ganze Weile gar nichts mehr sagt.

Für die eine Sauce braucht es Wein, Nick holt eine Flasche aus dem Keller. »Hoffentlich hast du keinen teuren erwischt«, sagt Josch. »Haben wir denn teuren?«, fragt Nick und gießt sich ein Glas voll, und Serena tut so, als bemerke sie es nicht. »Prost«, sagt Nick. »Ich habe nicht gewusst, dass du trinkst«, sagt Serena. »Er ist fast jeden Abend blau«, sagt Josch. Jetzt lacht Serena zum ersten Mal so richtig.

Die Blechlasagne wird zwar ein bisschen zu hart, aber sie essen alles auf. TWY schreibt er auf das beschlagene Backofenfenster. Was das heiße, fragt Serena. »This was yucky«, sagt Nick. »Blödmann«, sagt Josch, »this was yummy.« Serena schüttelt ein paarmal den Kopf und schreibt UOS. Nick und Josch schauen einander ratlos an. »Understand only station«, sagt Serena. Nick kräht, und Josch hämmert auf den Tisch. Langsam wird es lustig. Nick schenkt sich Wein nach. »Josch, du machst den Abwasch, und Serena und ich machen die Verdauung.« Josch boxt ein paarmal auf Nick ein, worauf sie gemeinsam die Küche in Ordnung bringen. Als sich Nick mit Serena nach oben verzogen hat, sitzt Josch am sauberen Küchentisch und weiß nicht, was er tun soll, und nicht, was er denken soll. So was von leer ist alles. Er geht hinunter in die Garage und holt die Omega aus dem einen Skischuh und steckt sie in den anderen. Dann steigt er wieder hoch, an seinem Zimmer vorbei bis zum Dachstock, und lauscht an Nicks Tür. Nichts zu hören. Auch nicht das winzigste Rascheln oder Knispern. Josch setzt sich hin, stellt sich vor, dass Nick jetzt dann gleich die Tür aufreißt und ihn verjagt. Liegen die einfach auf dem Bett und tun nichts? Josch will hier sitzen bleiben, auch wenn es nicht bequem ist, bis zum ersten Geräusch. Das ist ein Akkord auf der Gitarre. Immerhin sind sie nicht tot. Nick fängt an zu spielen, und dann setzt Serenas Stimme ein. Das klingt ein bisschen traurig, so ein bisschen nach Kirchenlied, und als er »Halleluja« versteht, weiß er, dass es ein Kirchenlied ist. Passt irgendwie nicht zu Nick. Wo er doch nie in die Kirche geht, Murmelschuppen nennt er die. Josch versteht es nicht. Vielleicht singen sie nackt …

Er verlässt seinen Horchposten, weiß jetzt, was er tun wird. Er wird Wanja anrufen. Er wird einfach das Handy nehmen, einfach anrufen. Was für ein Herzklopfen, lauter als beim Klauen. Er wird einfach sagen: Hallo, hier ist Josch. So einfach. Hallo, hier ist Josch, ist Wanja da? Halleluja, ist Wanda da? Ja, er macht's. Er spielt auf dem Ziffernblock herum und merkt zum ersten Mal, dass die Ziffern verschieden klingen. Bald hat er eine Melodie beisammen: 777898,79887. Au clair de la lune, mon ami Pierrot. Haben sie in Französisch bei Madame gelernt.

Bei Wanja kommt der Anrufbeantworter: »Esse grad Speck, drum nehm ich nicht ab.« Nicht lustig.

Inge

Heiner legt den Arm um sie, als sie vor Mutters Grab stehen. Anna Dittli, 1945-2001. Inge rechnet. Als sie mit zwanzig endgültig von Himmelschwand wegzog, lebte Mutter noch sechs Jahre allein hier. Was sie gerade mache, hat Inge manchmal am Telefon gefragt. Sie bete für Koni. Es war wohl so, dass Sohn Koni nach Mutters Gefühl nicht auf direktem Weg in den Himmel gefahren war, auch nach seinem Tod blieb Koni ein Sorgenkind. Von Vater, dem Abgehauenen, war nie mehr die Rede. Heiner hat ihn gar nicht kennengelernt. Hat nur die fromme Anna getroffen, die darauf bestand, dass Nick getauft wurde.

Wenn es Mutter noch gäbe und wenn sie wüsste, was Inge demnächst vielleicht tut, würde Mutter nicht nur für Koni beten. Aber da es sie nicht mehr gibt und sie nicht weiß, was Inge vielleicht demnächst tut, kann sie entspannt ein bisschen Schnee vom Immergrün fegen. Dreißig Franken im Jahr kostet die Bepflanzung durch den Friedhofsgärtner. Dabei muss der gar nichts tun. Das Immergrün wächst von allein. Der Wirt vom Kreuz hat gesagt, der Gärtner saufe, aber nicht bei ihm im Gasthof. Drüben im Frohsinn.

In der Kirche ist ein Buch ausgelegt für Dank und Fürbitte. Ich danke dir, heilige Maria, dass Rolf seine Konditorlehrprüfung bestanden hat, lautet der letzte Eintrag. »Willst du etwas schreiben?«, fragt Heiner, und als sie den Kopf schüttelt, nimmt er den Stift in die Hand. »Ich bitte den heiligen Vater«, schreibt er, und Inge sagt, heilig schreibe man hier groß, »den entblößten Körper Christi an den Kruzifixen in aller Welt zu bekleiden, denn er ist insbesondere für Frauen anderen Glaubens ein erschreckender Anblick.«

Gleich wird er sie fragend anschauen und wissen wollen, was sie dazu meint. »Insbesondere«, sagt sie, »warum schreibst du ›insbesondere‹? ›Besonders‹ reicht doch auch.«

Während Heiner leicht beleidigt weitergeht, schlägt sie im Buch eine neue Seite auf und malt einen blauen Punkt in die Mitte, blaubeerengroß.

Hilfe. Was soll sie bloß tun.

Sie sieht sich in der Kirche um, die ihr mal vertraut war, sie kannte alle Bilder und Statuen, jeden einzelnen Engel auf dem Deckengemälde und die Ornamente am Beichtstuhl, vor dem sie in Furcht gewartet hatte, bis sie an der Reihe war. Ob es eigentlich eine heilige Inge gebe, will Heiner wissen. »Nein.« »Warum heißt du dann so?« »Das war Vaters Wunsch.« Vielleicht weil es keine heilige Inge gibt, denkt sie. Und sehr schnell hat er sich dann davongemacht von der Inge und der Enge im frommen Kaff.

Jetzt, mit Heiner an ihrer Seite, kommt ihr die Kirche vor wie ein Kuriositätenkabinett, und vom Geruch, den sie einst mochte, wird ihr mulmig. Sie netzt den Finger im Weihwasser und bekreuzigt sich, weiß noch, wie es geht. Heiner schaut ihr belustigt zu. »Los«, sagt er, »Fleischwaren Import ist dran.«

Danilo Dittli wohnt in einem älteren Wohnblock am Dorfrand. Inge klingelt und memoriert, was ihr Heiner auf dem Weg vorgesagt hat. Guten Tag, ich bin Inge Dittli, die Tochter von Anna Dittli, und wollte mal schauen, ob ich hier noch Verwandte habe. Der Mann, der aufmacht, ist um die dreißig, hat tätowierte Unterarme, eine Mutter in Serbien und eine Importfirma für Balkanwürste. Er bittet Heiner und Inge nicht herein.

»Flop«, sagt Heiner. »Egal«, sagt Inge, »hast du sonst noch was im Programm?« Sie gehen die Dorfstraße auf und ab, Inge friert und zieht Heiner in den Coop, studiert das Kosmetikregal, und dann sehen sie den Anschlag am Schwarzen Brett: Samstagskino im Schulhaus – die schönsten Heimatfilme. Heute läuft »Und ewig singen die Wälder«.

Sie sitzen auf den Holzstühlen der Oberstufe, Heiner hat einen Flachmann dabei, er genießt den Kitsch und lacht hemmungslos. Dass Inge weint, merkt er nicht. Sie hat sich als Tränenfänger den Schal um den Hals gebunden.

Das ganz große Weinen kommt mitten in der Nacht, als sie wieder zu Hause sind. Sie drückt das Kissen ans Gesicht, löst sich vorsichtig von Heiners Rücken, schleicht sich nach unten in die Waschküche, schließt die Tür und lässt den ersten Schluchzer los. Von ganz innen kommt das Weinen, aus einem zerknüllten Nest aus Schmerz pfeift es hoch und zerspringt im Hals zu einem verzweifelten Winseln, Inge zerdrückt es mit dem Kissen. Wird vom Weh geschüttelt, gekniffen, erstickt. Was soll sie bloß tun.

Sie muss es Heiner endlich sagen.

Nick

»Was hast du denn da?«, fragt Heiner und nimmt die Karte mit dem Jesusbild vom Tisch. »Kennst du den nicht?«, fragt Nick. »Klar doch. Der am besten vermarktete Mensch aller Zeiten.« Nick erschrickt. Er hat wohl gewusst, wie Heiner denkt, aber dass er sich so bissig ausdrückt, tut irgendwie weh. Heiner ist zu ihm in den Dachstock gekommen, um über Weihnachtsgeschenke zu reden. Josch wünscht sich einen 3D-Drucker, und Heiner will wissen, ob Nick sich da auskenne, ob das nicht ein unverschämt teures Teil sei. Inge wünscht sich nichts, und Heiner will wissen, ob Nick nicht eine Idee hätte, etwas Digitales vielleicht? Nick nimmt ihm die Jesuskarte aus der Hand und lehnt sie gegen den Kerzenständer. Heiner schaut sehr fragend, und Nick ist froh, als er wieder geht.

Nick weiß immer noch nicht, was er von Serenas Besuch hier halten soll. War es einfach nicht ganz so, wie er sich das vorgestellt hat? Oder war es ein richtiger Flop und der Anfang vom Ende? Dumm, dass Nora gerade anrief, als Serenas BH zu Boden fiel. Dumm, dass er sie anhörte, aber sie redete so schön drauflos. Sie habe Schluss gemacht mit Kevin oder Kevin mit ihr und gedacht, Nick könnte sie vielleicht in der Paulskirche ein bisschen trösten. Wer Kevin sei, fragte Nick. »Der verdammte Bürochef«, sagte Nora. »Selber schuld«, sagte Nick. Ob es Probleme gebe, fragte Serena, die Arme auf der nackten Brust gekreuzt. »Nein, warum.«

Er kann sich nicht erklären, warum Serena nicht geblieben ist. Sie hat einfach den BH wieder angezogen, den Pulli über die Haarkrone gezerrt und gesagt, sie müsse zum Fünfuhrzug. Fazit ihres Besuchs: Das bisschen Singen und das bisschen Gefummel und die harte Lasagne hätten sie sich ersparen können. Lord my Lord, ich weiß schon, liebe deinen Nächsten und deine Nächste, aber wie kann ich das, wenn sie einfach davonläuft.

»Und was machen wir jetzt?«, hatte Josch gefragt, als sie am Abend allein in der Küche waren. »Die Hamburger, wie geplant.« »Nur für uns zwei?«

Es war Josch, der die Idee hatte, Tarek zu holen. Tarek schaute erfreut aus, brachte Mandarinen mit, die fast alle angefault waren. Ob heute was los gewesen sei, fragte Nick, und Tarek sagte »auf Bett liegen und denken«.

»Kann nichts schaden«, sagte Nick und kam sich seltsam erwachsen vor. Sie arbeiteten zu dritt an den Hamburgern, Tarek schnitt Zwiebeln, rieb sich die Augen und weinte laut, worauf auch Josch einsetzte und dann Nick. Sie heulten und schluchzten in der Küche wie blöd. »Tarek«, wimmerte Nick, »willst du nachher eine Deutschstunde?« »Nein, ich nicht brauchen«, plärrte Tarek. Und dann sagte er leise und nüchtern, er habe aufgehört, Deutsch zu lernen, er fahre ja vor Weihnachten zurück. Holy cow, dachte Nick, es fiel ihm nichts ein, was er Tarek sagen konnte. Josch schabte mit dem kleinen Messer leicht über Tareks Kinn. »Lässt du dir einen Bart wachsen?«Tarek nickte. Seine Frau habe gerne.

Sie sollten es gleich morgen den Alten sagen, meinte Josch, bevor er ins Bett verschwand. Die müssten etwas tun für Tarek.

Inge

Sie schreibt: *Heiner, der Blitz hat eingeschlagen, ich weiß es seit einer Woche. Der Blitz warst du. Und jetzt bin ich schwanger, achtwochenschwanger, und ich sag es dir endlich. Ich hatte Angst davor. Fruchtbar ist furchtbar. Was soll ich bloß tun. Was sollen wir bloß tun, du und ich, wir vier.*

Wegmachen ist ein schreckliches Wort, abtreiben auch. Fortschicken ist besser. Ja, wir können es fortschicken, Aufenthalts-

bewilligung abgelehnt. Back to eternity. Es muss nicht mal Deutsch lernen. Es muss nichts. Es darf nichts. Heiner, was sollen wir bloß tun. Ich werde dir dieses Blatt Papier geben und zuschauen, wie du es liest, was sich tut in deinem Gesicht, wenn der Blitz einschlägt.

Sie nimmt ein frisches Blatt: *Heiner, ich hab ein Problem, also wir haben eins, und ich kann es nicht einfach mal beiseitelegen, denn es wächst stündlich, und wenn ich nicht bald etwas dagegen tu, wächst und wächst es zwanzig Jahre lang. Darum muss ich es dir jetzt einfach sagen, hab viel gedacht und viel geweint. Heiner, erschrick nicht: Wir bekommen ein Kind. Wir bekämen eins. Werden eins bekommen. Würden eins bekommen. Wir müssen uns entscheiden, du und ich, und Nick und Josch müssen wir auch fragen. Wir haben sie ja nie fragen können, ob sie ein Leben wollten. Also sollen sie wenigstens jetzt etwas dazu sagen dürfen. Heiner. Heiner. Heiner. Es ist schrecklich, wenn man etwas möchte, das man nicht will.*

Sie zerknüllt das erste Blatt, das zweite Blatt, lässt beide in den Papierkorb fallen. Steht auf und wirft den Kugelschreiber an die Wand.

Josch ruft. »Wieder mal kein Brot da!« »Ja, und?«, ruft sie zurück. Dann geht sie in die Küche, um Josch zu umarmen, und der lässt es zu.

Stimmt, kein Brot da. Zum Einkaufen ist es zu spät. »Weißt du was, wir backen eins. Haben wir Hefe?« Keine Hefe da. »Kein Brot, keine Hefe, was haben wir überhaupt«, murrt Josch und will gehen, aber sie hält ihn fest. »Bleib. Backpulver geht auch.« Josch bleibt. Macht sein Also-meinetwegen-Gesicht. Wie groß er plötzlich ist. Ist er über Nacht gewachsen? Kann sie ihn noch einmal umarmen?

Nick

Etwas tun für Tarek. Josch hat recht. Mit den Behörden ist scheinbar nichts mehr zu machen, Zumhoff & Co. hätten alles versucht, sagt Inge. Nick sitzt in seinem Zimmer am Tisch und skizziert Möglichkeiten wie für eine Matheaufgabe. Weil es in der Schweiz für Tarek keine Chancen gibt, muss in Albanien gesucht werden. Aber was weiß denn er, Nick, von Albanien … Cevapcici, Wollkappe, Blutrache. Eine Schrift überstreut mit Punkten, ein Land übersät mit Problemen. Korruption, sagt Tarek. Drogen, sagt Tarek. Armut, sagt Tarek. Und da soll er wieder hin … Nick kritzelt Girlanden, und plötzlich weiß er, was zu tun ist: Geld muss her! Tarek darf nicht mit leeren Händen zurück zu Frau und Kind. Teil eins der Aufgabe ist gelöst! Jetzt ist Teil zwei dran. Wenn nicht via Hände hoch – woher kommt dann das Geld? Bei Heiner und Inge ist nichts zu holen, Heiner verdient plötzlich weniger, wer weiß warum, und Inge hat zu knausern angefangen. Sie könnten das Auto verkaufen, hat sie sogar gesagt.

»Joschosch, kommst du mit? Wir gehen auf Klautour.« Josch blickt so erschrocken drein, als sei er bei irgendwas ertappt worden. »Wir rauben ein Geschäft aus«, fährt Nick fort und lacht sich krumm über Joschs entgeistertes Gesicht. Sie müssten etwas tun für Tarek, das habe Josch doch selber gesagt, und mit Geld wär ihm bestimmt geholfen. Josch nickt.

»Wer zuerst eine Idee hat«, sagt Nick und sieht, wie Josch anfängt zu denken. Er kratzt sich mit den Daumen hinter den Ohren und streckt die restlichen Finger in die Luft. Hat er immer so gemacht beim Denken, als sie noch zusammen Monopoly oder Mühle spielten.

»Öme!«, sagt Josch. »Das Öme-Geld!« Seit sie auf der Welt sind, hat Öme jedem von ihnen am Ende des Jahres tausend Franken auf ein Sparbuch einbezahlt. Das macht bis jetzt, rechnet Nick, sechzehntausend plus dreizehntausend. Aber das Geld von den Sparbüchern gehört ihnen erst, wenn sie erwachsen sind. Er schüttelt den Kopf. »Da macht Öme nicht mit«, sagt er. Josch schiebt wieder die Daumen hinter die Ohren. »Vergiss es«, sagt Nick.

Serena hat angerufen. Nächsten Samstag will Rolf mit OLL eine Waldfeier machen, ein WAJ. Ein was? Ein Warten auf Jesus. So eine Art Vorweihnachtsfeier. Ob Nick auch komme. »Ich weiß nicht«, sagt Nick. Er ist immer noch leicht beleidigt, weil Serena sich einfach ohne Erklärung davongemacht hat. »Es wird kalt sein im Wald, wenn wir uns ausziehen müssen«, sagt er und wartet, dass Serena lache. Aber sie hängt auf. Als er zurückruft, ist besetzt. WAJ. Nick schaut lange zur Jesuskarte am Kerzenständer. Ob der Mann auch mal gelacht hat?

Das war's, denkt Nick. Das war es dann. Das war es dann mit Serena. Und mit seiner Lordschaft.

Josch

»Luft!«, sagt Wanja nach der Matheprüfung, geht hinaus, Josch sieht, wie sie die Jacke vom Haken reißt und die Treppe runtersaust. Da saust auch er. Draußen auf dem Pausenhof holt er sie ein. »Luft!«, sagt er. Die Luft ist eisig. Wanja hat die weiße Kapuze hochgeschlagen, sieht aus wie Schneewittchen oder so was. Josch, ohne Jacke, versucht sein Schlottern zu verbergen. Wanja hüpft von einem Fuß auf den andern. Sie sind fast allein auf dem Hof. Bei der Schweinekälte geht kaum jemand raus. Er war noch nie allein mit Wanja. Mit der Kapuze schaut sie größer aus als er. »Blödmann«, sagt Schneewittchen. Er hofft, dass sie den Mathelehrer meint. »Mist«, sagt sie. »Ja, voll«, sagt er. Etwas Besseres fällt ihm nicht ein. Da steht er, allein mit der wunderbaren Wanja, und hat bis zum Pausenende noch fünf Minuten Zeit, ihr alles zu sagen, was er sich immer vorgestellt hat, beste, oft geübte Sätze. »Frierst du nicht?«, fragt sie. »Nein«, sagt er bibbernd. »Was heißt: Schiebetür?«, sagt sie. »Schiebetür?«

»Porte coulissante.« Ach je, jetzt kommt ja noch Französisch. Er hat vergessen, die Vokabeln zu lernen. »Schweinemist«, sagt er. »Ja, voll«, sagt Schneewittchen. »Kannst bei mir abschreiben.«

Als sie die Treppe hochsteigen, berührt sie seine Hand, um zu spüren, wie kalt sie ist.

»Ob ich was dagegen hätte?« Öme seufzt. »Ja, allerdings.«

Er sitzt mit Öme am Küchentisch. Eigentlich wollten sie Französisch machen und dann gebrannte Mandeln, aber er hat gleich angefangen von Tarek und den Sparbüchern.

»Und warum hast du was dagegen?« »Weil ich das schöne gesparte Geld nicht einfach in ein albanisches Loch kippen will.« »Aber du hast doch selbst gesagt, hier bei uns sei jeder nichts anderes als ein fetter Egosack.« »Habe ich nicht.« »Doch.« »Nein, Egosack nicht.« »Dann halt was Ähnliches.« »Egosack ist aber nicht schlecht. Reimt sich bestimmt auf irgendwas … Bettelpack.« »Nick sagt, es heiße, liebe deinen Nächsten statt dich selbst.« »Das hat Nick gesagt?« »So in etwa, und auf seinem Tisch steht ein Jesusbild.«

Jetzt bekommt Öme ihr Kopfschütteln. Wenn sie das mal hat, kann sie nicht mehr damit aufhören. Heiner behauptet, man müsse sie erschrecken, dann höre das Schütteln auf. Josch sucht im Küchenschrank nach einem Teller, um den es nicht schade wäre. Nein, lauter als ein Teller ist ein Kochtopf, der zu Boden knallt. Aber da schreit Öme ganz ohne Topf: Herr Petermann ist ihr ungefragt auf den Schoss gesprungen, und Ömes Kopf ist wieder ruhig.

»Und wenn wir es mit dem Geld machen wie der mit dem Mantel?«, fragt Josch. »Wer mit dem Mantel?« »Hat doch einer seinen Mantel halbiert, weil jemand gefroren hat.« »Ach so, du meinst den heiligen Martin. Ich habe mich immer gefragt, ob ein halber Mantel noch warm hält«, sagt Öme, »aber jetzt ist erst mal Französisch dran. Was heißt Mantel, und wie lautet die Mehrzahl?« »Vergessen«, sagt Josch. »Dafür weiß ich, was Schiebetür heißt.«

Heiner

Heute Nacht hat er zwei Haikus gemacht, eines noch halb im Traum.

Wer weint, bin nicht ich
Das sind die Regengeister
auf unserem Dach

Im Büro hat er sie aufgeschrieben und für gut befunden, eines für sehr gut. Es ist bislang sein bestes:

Auf dem Schnee steht »Schnee«
Präzise geschrieben von
zwei Amselfüßen

Es beschwingt ihn, er schwebt. Schwebend isst er die Kantinenlasagne mit Rosenkohl, schwebend grüßt er die Mäkle am Nebentisch, schwebend leitet er die Nachmittagssitzung, inzwischen hat er wieder neun Leute unter sich, bald muss er einen Sitzungsraum beantragen.

Zu Hause zieht er sich um, steckt das Papier mit den Haikus in die Hosentasche. Vielleicht wird er Inge heute seine Haiku-Sammlung zeigen. Eigentlich wär es Zeit. Warum soll er noch länger ein Geheimnis draus machen. Warum soll er verstecken, was gut ist.

Immer noch schwebend gießt er sich ein Glas Wein ein, da ruft Öme an. Ob er kurz Zeit habe, sagt sie, und dann redet sie, ohne abzusetzen. Es klingt, als hätte sie auswendig gelernt, was sie zu sagen hat. Derweil verliert er in seinem Schwcben stetig an Höhe und landet rasch auf dem Küchenboden. »Überlegt es euch«, sagt Öme und legt so abrupt auf wie noch nie.

Der heilige Martin! Der heilige Tarek! Der heilige Gottseibeiuns! Was haben die da bloß ausgeheckt. Wollen wirklich und wahrhaftig dem Albaner fünfzehn Tausender in den Hintern schieben. Fünf sollen von Ömes Sparbüchern für die Jungen kommen, fünf von Öme, und weitere fünf müssten Inge und er übernehmen. »Wo doch die Buben schon so großzügig sind«, hat Öme gesagt. Das sei nun wirklich echte Nächstenliebe, sie gratuliere ihm zu den beiden wunderbaren Kerlen. Erst habe sie sich gewehrt, aber nach einigem Nachdenken habe sie die Idee großartig gefunden. Überlegt es euch.

Er wird beim Abendessen nichts von Ömes Anruf sagen. Wird mit Inge unter vier Augen sprechen. Über den heiligen Martin, den heiligen Nick und den heiligen Josch. Was die bloß meinen. Für heute ist das Thema Haikus vom Tisch. Dafür braucht er einen unverbrauchten Abend.

Ich muss mit dir reden, hat ihm Inge nach dem Essen zugeraunt. Kommst du mit auf einen Spaziergang? Spaziergang, bei drei Grad? »Tut uns gut«, sagt Inge. Wahrscheinlich hat auch sie Ömes unsägliche Botschaft bekommen.

Und so wandern sie dick eingepackt unter feinem Schneestaub die Straße lang. »Was ist denn nun?«, fragt er. Inge macht ein paar Schritte bis zur Laterne, bleibt unter dem bläulichen Lichtkegel stehen und klaubt ein Stück Papier aus der Tasche. Es ist völlig zerknittert, sie streicht es über dem Oberschenkel einigermaßen glatt.

Heiner, ich hab ein Problem, also wir haben eins, und ich kann es nicht einfach mal beiseitelegen, denn es wächst stündlich, und wenn ich nicht bald etwas dagegen tu, wächst und wächst es zwanzig Jahre lang. Darum muss ich es dir jetzt einfach sagen, hab viel gedacht und viel geweint. Heiner, erschrick nicht: Wir bekommen ein

Kind. Wir bekämen eins. Werden eins bekommen. Würden eins bekommen. Wir müssen uns entscheiden, du und ich, und Nick und Josch müssen wir auch fragen. Wir haben sie ja nie fragen können, ob sie ein Leben wollten. Also sollen sie wenigstens jetzt etwas dazu sagen dürfen. Heiner. Heiner. Heiner. Es ist schrecklich, wenn man etwas möchte, das man nicht will.

Inge

Sie liegt auf dem Bett, es ist Nachmittag, sie hat lange geweint, wegen nichts, wegen allem. Jetzt fühlt sie sich so schön erschlagen, als habe sich eben eine Krankheit endgültig davongemacht. Sie sieht im Fenster, dass es schneit, und meint die Flocken zu hören.

Heiner will das Kind.

Was für eine Woche. Heiners Wunsch. Tareks Abreise. Weihnachten mit Öme. Heiners Haikus. Und heute Abend gibt's Feuerwerk, heute Abend geht das Jahr zu Ende. Niemand wird ihr noch ansehen, dass sie geweint hat.

Oktoberkind, komm
Wirst glühen wie Herbstlaub
Im Haselnussglück

Das ist das letzte Haiku auf Heiners Blättern, das Haiku zum Kind.

Er hat ihr die Blätter am Weihnachtsmorgen im Bett geschenkt. Da stand kein Name drauf, nichts. Verlegen fing sie an drin zu blättern, und plötzlich las sie *Die Stille ist groß am Ende eines Lachens* und erinnerte sich: der Papierkorb, der Abfallsack! Sie hat so ein Blatt da rausgefischt – von Heiner! »Heinermann«, sagte sie, »ich habe nie geahnt, dass du so was machst.« Jetzt wisse sie alles von ihm, sagte er. Also wirklich alles. Also wirklich fast alles. Sie riss das Fenster auf und stand da eine Weile, alle Kirchenglocken der Stadt läuteten Weihnachten. »Was machst du?«, rief er. »Dein r fliegt davon«, sagte sie und schlüpfte schlotternd wieder ins Bett. »Ab jetzt bist du Heine.«

Es waren die besten Weihnachten ever.

»Ich an dir denken«, hat Tarek noch einmal gesagt, als sie ihn umarmt hat. »Und ich an dir«, hat sie gesagt. Dann ist Heiner mit ihm weggefahren, zum Flughafen. Ein Ticket zurück. Ein Ticket zurück, das brauche man einfach, hat ihre Mutter damals gesagt, als sie auf Nicks Taufe beharrte. Ist ein paar Hundert Jahre her. Mit Tarek ist abgemacht, dass er zu Hause ein Bankkonto eröffnet und dass sie ihm ihr Abschiedsgeschenk dahin überweisen werden. Wie viel, darüber werden sie noch mit Öme und den Jungen streiten. Inge war noch nicht im Kellerzimmer, weiß nicht, ob Tarek etwas hinterlassen hat, es macht ihr ein wenig Angst. Sie schiebt das hinaus bis ins neue Jahr, bis morgen.

Auch erst morgen wollen sie und Heiner den Jungen sagen, dass sie alle ein Kind bekommen. Irgendeine Freude wird sich sicher einstellen. Vielleicht knallt sie sofort rot und schwer vom Himmel. Vielleicht steigt sie still hoch wie Nebeldunst. Vielleicht schaut sie auch nur kurz rein und verzieht sich wieder, bis es da ist, das Haselnüsschen.

TEIL 3
Danach

»Sie hat die Hose voll«, ruft Josch, »Kackalarm! Ich geh dann mal.« Inge hört, wie er die Haustür zuschmettert, und eilt die Treppe hoch zu Neles Geschrei. »Neleschätzchen«, sagt sie, und das Geschrei wird lauter. Das Neleschätzchen hat sich am Tischbein aufgerichtet, und jetzt weiß es nicht mehr weiter. Die Windelhose hängt schief, ein Bein ist braun verschmiert. In einer halben Stunde muss Nele in der Kita sein, damit Inge es rechtzeitig in die Schule schafft. Josch könnte ja auch mal was tun, denkt sie wütend und lässt ein kleines Wutgewinsel heraus. Da wird Nele plötzlich still und horcht. Sie dreht den Kopf und schaut Inge an, aus diesen wasserhellen Augen, wie Heiner sie hatte.

»Nelele«, sagt Inge, »du Stinkkind«, und löst die kleinen Nelefinger, die am Tischbein kleben wie Meerestierchen. »Du nasses Wickelwackelkind. Du Windelbraten. Du Heinerchen.« Inge weiß, wenn sie jetzt nicht scharf aufpasst, rutscht sie in die tiefsten Schichten und fängt an zu weinen, und dafür ist jetzt keine Zeit. Sie hat sich von ihrem Dasein ein Bild gemacht wie von einer Torte. Die tiefste Schicht ist schwarz und verbrannt. Darauf liegt eine dicke Schicht Trauer, mäßig bitter. Dann folgt eine dünne Schicht Zuversicht, dann, hauchdünn, eine Lage zuckrige Munterkeit, und zuoberst ist dick und weich ein schneeweißer Klacks Glück, das ist Nele.

Bin die verbrannte Inge. Und singe und singe.

Als sie singt, fängt auch Nele an, probiert Töne aus.

Im Kinderbett bewegt sich etwas, das ist Herr Petermann. Er kann es nicht lassen, dort zu schlafen, obwohl ihn Inge ein paarmal weggejagt hat. Trotz seiner bald neunzehn Jahre schafft er immer noch den Sprung auf den Stuhl und von da den Sprung in Neles Bettchen. Ach, Herr Petermann, warst auch mal klein, hattest in Heiners Händen Platz. Weißt du nicht mehr, du Katzengreis. Hast Schwabbelbauch und krumme Arthrosebeine und Haarausfall am Schwanz. Musst noch am Leben bleiben, bis Nick aus seinem US-Jahr zurückkommt, please, Mister Petermann, bleib noch so lange, sechs Monate bitte, mindestens.

Draußen ist es nieselig, und es riecht nach bitterem Grünzeug, aber Bäume und Hecken sind noch kahl. Noch drei Tage bis Ostern. Nele zappelt wieder mal und will sich im Auto nicht auf dem Kindersitz festschnallen lassen. Inge schimpft, gibt Nele den angebissenen Teighasen, fährt los. »Oss, Oss«, ruft Nele. Oss ist Josch. Und Nele liebt ihn. Eidottergelb blühen die Forsythien, eine aufdringliche Farbe im sanftgrauen April. Am letzten Ostermorgen war Heiner noch da, hat noch Eier versteckt, die dann niemand mehr gesucht hat. Sie blieben im Garten liegen und verfaulten.

Um elf Uhr fünf sank Heiner zwischen den Primeln zu Boden. Inge sah es durchs Küchenfenster. Um dreizehn Uhr fünf starb er in der Notaufnahme. Geplatztes Aneurysma. Dass ihr Kind eine Nele würde, hat Heiner nicht mehr erfahren.

Aneurysma. Klingt wie eine Pflanze aus dem Gartencenter.

Als Inge bei der Kita vorfährt, rauscht der Regen voll aufgedreht, spritzt vom Boden hoch. Nele mag das, macht kleine Jauchzer, Inge nimmt sie auf den Arm, rennt zum Haus, und die Nässe auf Inges Gesicht sind jetzt nur noch Regentropfen.

Sie hat Nick unterstützt, als er sich um einen Austauschplatz in den USA bewarb. Sie hat begriffen, dass er ausbrechen wollte aus dem Haus des großen Durcheinanders. Er flog nach Ohio, als Nele ein halbes Jahr alt war. Und seither hat Inge einen Schmerz mehr.

Öme hat gekocht, es riecht gut. Sie kommt weiterhin donnerstags vorbei, tut munter. Nach Heiners Tod ist sie sichtbar geschrumpft. Sogar ihr Lachen ist kürzer geworden. Sie hilft bei der Wäsche oder macht Aufgaben mit Josch. Oft ist auch Wanja dabei. Wanja und Josch sind wie ein Klettverschluss, schwer voneinander zu reißen. »Wisst ihr was Neues«, fragt Öme immer.

Ja, Nick hat geschrieben, lernt jetzt Auto fahren.

Ja, an Ostern sind wir weg, keine Lust auf Ostereier.

Ja, Nele hat drei Schritte gemacht.

Ja, Tarek hat Lokum geschickt, so süß, da fallen dir die Zähne aus.

Tarek wohnt nicht mehr in den albanischen Bergen, sondern an der Küste im Süden, hat ein Transportgeschäft mit zwei eigenen Lieferwagen und bedankt sich regelmäßig für großes Hilfe. Inge stellt sich seine Hände am Steuer vor. Und das Lederbändchen, das lose übers Handgelenk fällt.

Ende

Dieses Buch ist auch als E-Book erhältlich.

MIX
Papier aus verantwortungsvollen Quellen
FSC® C014889
FSC www.fsc.org

Penguin Random House Verlagsgruppe FSC® N001967

Wunderraum-Bücher erscheinen im
Wilhelm Goldmann Verlag, München, einem Unternehmen der
Penguin Random House Verlagsgruppe GmbH.

1. Auflage
Originalveröffentlichung März 2021

Umschlaggestaltung und Konzeption: Buxdesign | München
Umschlagmotiv: Collage von Ruth Botzenhardt unter Verwendung
eines Motivs von Shutterstock/Luis Carlos Torres
Satz: Buch-Werkstatt GmbH, Bad Aibling
Druck und Bindung: Friedrich Pustet, Regensburg
Printed in Germany
ISBN 978-3-442-31589-5

www.wunderraum-verlag.de

Auf Wiedersehen im

WUNDERRAUM

www.wunderraum-verlag.de